笑ってる場合かヒゲ

水曜どうでしょう的思考

藤村忠寿

2

目次

二〇一七年

二〇一八年

二〇一九年

笑ってる場合かヒゲ

水曜どうでしょう的思考

2

2017年

不安ある、でも新作撮影楽しもう

今年は「水曜どうでしょう」の新作を撮影する予定です。二〇一三年に放送されたアフリカ編以来ですから四年ぶりのことです。

実は昨年も撮影する機運はあったんですが、それぞれスケジュールが合わずに先送りになっていました。昨年は大泉洋《おおいずみよう》さん、大河ドラマ「真田丸《さなだまる》」で大活躍でしたからね。そんな大泉さんから元日早々にメールが届きました。「今年は水曜どうでしょうをやるということで気合が入ります！」と。どうやら、かなりやる気満々のようです。

レギュラー放送をしていた当時は、ロケのたびに体調を崩し、ボヤいていた大泉さん。彼がロケの最中にこんなことを言ったことがあります。

「どうでしょうのロケに楽しいロケなんてないんだ。出来上がったＶＴＲが面白おかしいだけで、我々は誰も楽しいなんて思ったことはないよ」と。それは、本当にその通りなんです。誰もロケなんて楽しみにしていなかった。それよりも不安ばかりが先に立っていました。「このロケが面白くならなかったらどうしよう」って。でもそれは口に出さずに、気付かれないように、それぞれの胸の内にしまって、旅立つ日の朝を迎えていました。

今思えば、僕が「水曜どうでしょう」のレギュラー放送をやめ、DVDの制作を始めたのも、そこにひとつの理由があったのかもしれません。六年間、不安を抱えて撮り続けてきたVTRはどれも面白いものばかり。

それを編集し直してDVDにすることには、なんの不安もありません。「もう僕はあの、ロケに旅立つ朝の、緊張感に満ちた不安から解放されるんだ」と。

僕らはあの頃、誰もロケを楽しみにしていなかったから、誰もが必死で「楽しもう」としていました。「面白くならなかったらどうしよう」というプレッシャーに押しつぶされないように、誰もが本気で「楽しい！」と思える瞬間を探し出していました。どんなに小さな出来事でも、それを面白おかしい出来事に変えようと必死だったと思います。

仕事って、どうしたって遊びのように楽しくはないんです。遊びで野球をするのはとても楽しいけれど、プロの選手は常に不安と隣り合わせです。「打たれたらどうしよう」「打てなかったらどうしよう」と。

でも試合に勝つためには、一流の選手になるためには、自分を無理やりにでも奮い立たせて「野球を楽しもう！」という気持ちになることが一番大事なんだと思います。ファイターズの栗山《くりやま》監督も言ってましたね。「その選手がキラキラしているかどうかを見てる」って。

とても矛盾しているんだけど「仕事が楽しいなんてあり得ない」と僕は思っている、でもそれを「なんとか楽しくしよう」「なんとか楽しもう」とすれば、そこにこそ良い仕事が生まれるんだろうと。

今年、それぞれに不安を抱きながらも、それでも必死に「楽しもう」とする四人が集まって「水曜どうでしょう」が始動します。

（一月十二日）

追うのは「夢」ではなく「現実」

年の初めには「今年の抱負」とか「夢」とか、必ず聞かれるじゃないですか。でもねぇ、五十を過ぎたオジサンにそんなこと言われても困るんですよ。「夢」って、ちょっと大きいじゃないですか。ものすごく時間かかりそうじゃないですか。「抱負」にしたって「英会話を勉強する」とか「ダイエットする」とか、なんらかの努力を要することを言わなきゃいけない。そうすると「今年の抱負は洗面台を新しくすることです！」なんて言えないですよ。でも実際に今年は「洗面台と、できればお風呂も新しくしたい」が僕の一番の希望なんですよね。

夢って現実的ではないから「夢」なんですよね。そこに実現可能なルートが見えてしまった時点で、他人はそれを「夢」とは認めない。でも五十を過ぎた僕にはもう

「夢」なんて悠長に追っている時間はないんです。この歳になったら、少なくとも数年以内に実現できそうなことをやっていくことの方が重要なんです。

現実的に僕は今年、洗面台を新しくしたいと思っているし、「水曜どうでしょう」の新作も作りたいと思っていますが、もうちょっと長いスパンで、これから数年の間に実現したいこともあります。それはその……アカデミー賞を取りたいんですよね。もしくはカンヌやベルリンなんかの有名な映画賞。

「おいおい！　それこそ夢のまた夢だろう！」と言われるでしょうけど、数年前からいろんな人にその話はしているんです。

例えば、アニメ制作会社のプロデューサーにそれを話したら「藤村さん、アカデミー賞を狙うんなら実写よりもアニメの方が近いですよ。それも短編の方が現実的です」なんてことを言われたり。ある外国人のクリエーターからは「カンヌを狙うならフランス人のプロデューサーを加えた方が絶対に有利です」と言われたり、この歳でそういう話をすると、とても現実的な話になってくるわけです。実現可能なルートが少しずつ見えてくる。

もちろんそのためには、素晴らしい映画を作らなきゃいけないんだけど、そうなるとね、自分自身、映画を観《み》る目がガラリと変わってくるんですよ。「なるほどこういうテーマで、こういう内容の映画が賞を取るのか」と。単に「おもしろかった」だけではなくて、違う見方をするようになるんです。

実際に今、アニメ制作会社の人たちと「アカデミー賞を取る」という目標のもとに議論を重ねています。でもね、アニメを研究すればするほど「宮崎駿《みやざきはやお》さんがすでにやっている」という結論になるんですよね。

やはり一筋縄にはいかない。昨年は「君の名は。」が大ヒットして、さらに研究課題も増えてきました。でもね、壁にぶち当たってるとは思えないんです。着実に近づいていると思えるんです。

「夢を追う」のではなくて、あくまでも現実の話にしてしまう。そうすると、そこに参加している全員の思考能力やスキルが上がっていることを実感します。

（一月二十六日）

ローカル番組は「本気」が命

福岡のローカル番組「ゴリパラ見聞録」って知ってますか？　福岡在住のタレント・ゴリけんとお笑いコンビ・パラシュート部隊（斉藤優《さいとうゆう》、矢野《やの》ぺぺ）の三人が日本中を旅する番組で地元ではかなりの人気です。

昨年、「踊る大捜査線シリーズ」で有名な本広克行《もとひろかつゆき》監督がディレクターを務める香川の「さぬき映画祭」で「ローカルの人気番組が対決！」みたいなトークイベントが開かれ、初めて彼らと顔を合わせました。

とても腰が低くてね、すごく緊張している様子だったんですけど、イベントは大いに盛り上がりました。打ち上げの席ではすっかり打ち解けて、ローカル番組の苦労話を夜中まで語り合いました。

それを見ていた本広監督が「来年はみなさんでコラボ番組を作って下さいよ！」。お互い酔いにまかせて「やりましょう！」と言ってしまったんです。

けれど、「ゴリパラ見聞録」を制作するテレビ西日本はフジテレビ系列、「水曜どうでしょう」はテレビ朝日系列。普通であれば一緒に番組なんてあり得ません。今回は『『さぬき映画祭』で上映するため」という名目でコラボが実現しました。

内容は「どうでしょう」ディレクターの私と嬉野《うれしの》さんが「ゴリパラ見聞録」の出演者三人を使って、「どうでしょう」的な企画で香川を旅する「ゴリパラどうでしょう」と、彼らの番組の名物コーナー「一献（居酒屋での本音トーク）」に私と嬉野さんがゲスト出演する「水曜見聞録」の二本立て。そのロケが先日行われたんですけど、キー局とは違うローカル番組らしい面白さにあふれていました。

さて、今言った「ローカル番組らしい面白さ」ってなんだと思いますか？　それは簡単に言えば「素人っぽさ」です。キー局の番組に出るのは有名なタレントで、誰もが「そのタレントの色」を知っています。

すぐに怒る人、カッコいい人、ボケる人……。だからタレントは堂々と番組の中でその色を打ち出せます。その色の組み合わせで番組を面白くしているわけです。

でもローカル番組に出るようなタレントは有名ではありません。「自分のことを知らない」という前提があると、タレントでも素人同然に腰が低くなり、緊張します。それでもがんばって、画面の中でもがく姿に、見ている人たちは、その人の色を知るようになり、やがて共感を覚えるようになります。これこそが「ローカル番組らしい面白さ」なんです。上手にやるよりも、本気でやっているかどうかが、ローカル番組にとっては一番大事なことなのです。

福岡では大人気の「ゴリパラ見聞録」ですが、北海道ではほとんど知られていません。カメラの前で不安そうに振る舞う三人の姿に、僕らは「水曜どうでしょう」を重ね合わせ、笑いが止まりませんでした。

このコラボ番組は、ＨＴＢの北海道ｏｎデマンド内にある「藤やんとうれしー」という有料動画サイトで公開されます。最後は宣伝でした！

（二月二日）

猫嫌い、魚と鳥が好きなわけ

ペットの話なんですけど。ウチには猫が四匹もいるんですよね。奥さんと子供たちが好きで。でもね、僕は猫が嫌いなんです。というのもね……。

子供のころの僕は小鳥が好きでたくさん飼ってたんです。ジュウシマツを繁殖させたり、夏休みになれば手乗り文鳥を育ててたり。田舎だったんでニワトリも放し飼いにしてたし、庭に餌台を作って野鳥を観察してたり。

でもね、鳥類の天敵って、猫でしょう。何度ヤツらに！　僕が大事にしていた小鳥たちが襲われたことか！　「鳥たちを守らなければ！」と、藤村少年は猫を見れば石を投げていました。

中学生のころは、金魚を飼っていましてね。金魚すくいで取ってきた金魚を飼うとか、そんなレベルじゃないです。ランチュウとかオランダシシガシラとか江戸錦とか、まさしく愛好家が飼うような金魚をお小遣いで集めていました。でもねぇ、魚類の天敵って猫なんですよ！　何度ヤツらに僕の金魚たちが襲われたことか！

思えば僕はなぜ鳥と魚が好きだったんでしょうか。古来、小鳥も金魚も、それを飼育する世界には『愛好家』と呼ばれるマニアックな人々が存在します。そしてそのほとんどが男です。

一方で犬や猫には女性の愛好家がたくさんいます。最近ではインコが女性の間で「カワイイ！」なんつって人気があったりしますが『愛好家』と呼ばれる人のほとんどは男。つまり、鳥と魚には男を刺激する何かがあるということです。

鳥も魚も本来は自由に飛び、自由に泳ぎ回る生き物じゃないですか。それを鳥カゴや水槽に入れて閉じ込める。でも、だからこそエサを工夫したり水質を管理したりして、これを守ってやらなければならない。

この「おれが守らなければ」という義務感が男の本能を刺激するんだと思うんですよね。盆栽なんかも一緒ではないでしょうか。男は「自分の力で環境を整える」という本能があって「その環境の中で暮らす者たちを見守ることで癒やされる」という。

それに対して犬や猫は、そもそも人間に慣れる生き物だから「かわいがる」という気持ちの方が強くなる。女性の母性本能をくすぐるんじゃないかと思うんです。

で、ウチには猫が四匹います。名前も知りません。だって興味がないんですから。でも一匹だけなんとなく名前を知ってる猫がいます。

「チーちゃん」と呼ばれてるヤツで、コイツは僕が帰ってくると玄関先まで飛んできて、うっとうしいぐらいまとわりついてきます。今パソコンに向かってこれを書いている時もグルグル言いながらすり寄ってきます。

コイツは生まれつき目と鼻が悪くて、常にクシャミをし目ヤニをつけています。おかげで僕のパソコンは鼻水で汚れています。しょうがないから首根っこを掴んでティッシュで目と鼻を拭いてやります。グルグル言いながらじっとしています。コイツは……うん、ちょっとかわいいやつです。

（二月十六日）

「撮りたい映像」撮ってこそ

昨年に引き続き（編集部注・一巻百二十五ページ参照）、鹿児島県志布志市《しぶしし》の教育委員会が主催する映像作りのワークショップで講師をしてきました。ワークショップというのは、講師の話を聞くだけではなく、参加者が自発的に作業に参加する体験型の講習会といったものです。

参加者は二十五名で、半分は地元の方、半分は東京や大阪など県外からやってきた方。参加理由は様々ですが、たとえば「子供の姿を上手に記録したい」というお母さんにはこんなアドバイスをしました。

子供の姿をビデオで撮るとなると、だいたい運動会とか旅行とかイベントの時が多いでしょう。でもそうなると、いつのまにか子供の姿だけではなく、いろんなものを撮影するようになる。運動会なら校長先生の話までカメラを回してみたり、水族館に行ったら水槽を泳ぐ魚を熱心に撮ってみたりと。これって、たぶんテレビのニュース映像の影響だと思うんです。「上手な映像は子供の姿だけではなく、その周りの様子もちゃんと撮っている」みたいなね。

でもね、それはお母さんが本来撮りたい映像ではないでしょう。「今日こんなことがありました」という事実を伝えるニュース映像とは明らかに目的が違うからです。

子供の姿だけをしっかり記録しておきたいのなら、イベントではない日常を撮った方がその目的がハッキリします。朝、子供を起こすところから始まる何げない日常。なかなか起きない子供を怒るお母さんの声、寝ぼけた子供の顔、朝ご飯も歯磨きも短時間で済ませて、学校へ走っていく子供の後ろ姿……。

それならばカメラは余計なものに向けられず、子供の姿だけを追い続けるはずです。そんな映像こそが、後になってみると愛《いと》おしいほどの懐かしい記録になるはずです。

映像を撮る時に最も重要なことは「なんのために撮るのか」という目的です。その目的さえハッキリしていれば、カメラワークが未熟でも、とても魅力的な映像になります。

志布志市には「いろんな人に地元の映像を撮ってもらい、その魅力を広く発信したい」という目的がありました。

でも僕のワークショップの目的は「まずは映像作りを楽しんでもらうこと」でした。だから、テーマは志布志にこだわらず自由にしました。

自分たちで脚本を書き、衣装を借りてきて、短いドラマを撮影した人たちもいたし、みんなでスーパーに買い出しに行って、鹿児島の郷土料理を作った人たちもいました。初めて顔を合わせた人たちが、積極的に協力し合って映像を完成させ、その作品からは撮影の楽しそうな雰囲気が伝わってきました。

「また来年も絶対に参加したい」「来年はもっとおもしろい作品を作りたい」とみんなが言っていました。

地元の人たちと県外の人たちが一緒になって映像を作る。その過程でみんなが仲良くなり、いつしか志布志のことを好きになる。観光用のビデオでは伝わらない魅力が、参加者たちの作った映像から伝わるのではないかと僕は思っています。

（三月二日）

これぞ、まちおこしの極意

　茨城県下妻《しもつま》市でまちおこしをテーマに講演をしました。深田《ふかだ》恭子《きょうこ》さん主演の映画「下妻物語」で名を知られた以外は特に有名なものはない、田んぼばかりが広がる田舎町です。

　前日に市内を案内してもらいました。大宝《だいほう》八幡宮という古くて立派な神社があり、土産物屋を兼ねた昭和の雰囲気そのままの食堂でお茶と団子をいただきました。「美味《うま》い！」とうなるほどではありませんでしたが、でもそれはほっとする味でした。砂沼《さぬま》という湖があり、湖岸にはヘラブナ釣り用の古めかしい木舟が浮かび、白鳥が静かに羽を休めておりました。歩行者専用の橋がかかっていて、ガス灯のような淡い明かりが灯《とも》る夕暮れの中を、中学生が自転車で家路を急いでいました。

夜は、さびれた商店街の中にある割烹《かっぽう》で懇親会が開かれました。居酒屋ではなく「割烹」。でも値段は居酒屋並み。呑《の》んべェならば必ず「いい店だ」と思う風情がそこにありました。聞けば、町がにぎわっていたころから変わらずやっている店らしく、その風格がありました。

まちの中心部にこの春、イベントができる多目的広場が完成することになりました。しかし「いくら施設ができたところで、まちは活性化されない」「住まう人たちの意識が活性化されないと、まちおこしにはならない」と有志が集まり、シャッターの下りた商店街の店舗を借り、市民の交流スペースを自分たちで作って運営することになりました。

その第一歩として「テレビ番組でありながら、多くのイベントを開き、ファンとの交流を積極的に重ねている『水曜どうでしょう』のディレクターからヒントを得たい」ということで僕と嬉野さんが招かれました。

講演会は午後からで、それまでの時間は「ちょっとおもしろいバーがあるので、そこで待っていてもらえませんか」と言われました。そのバーのマスターは六十五歳。実は店ではなく、ウイスキー好きが高じて、自宅の使われなくなった子供部屋を自分で改装し、月に数回、知り合いを招いて開店するバーなのだと。お代は取らない、あくまでも趣味。ところがそこにあるウイスキーの品ぞろえがハンパではなく、手に入れることが難しいと言われている名酒がずらり。

実際、大手酒造メーカーの人たちやバーテンダーも招かれて、その充実ぶりとマスターの知識の豊富さに舌を巻いたといいます。そんな話を聞きながら飲むウイスキーは実に味わい深く、結局僕らは午前中からいい気分になっていました。

「まちおこしは、そこにいる人の活性化から始まる」という下妻の人たちの考え方は正しく、このマスターがやっていることがまさにそれだと思いました。使われなくなった部屋を改装して、大好きなウイスキーを振る舞って、招いた人に喜んでもらう。

でも一番うれしそうにしているのはそのマスターです。僕らは何度も「遠い所からきてもらい、楽しい時間をありがとう」とお礼を言われました。田んぼの広がる下妻が、とても魅力的なまちに思えました。

（三月十六日）

「町は人が作る」、前向く女川

宮城県女川町《おながわちょう》で東日本大震災の翌年から始まった「女川町復幸祭」に今年も呼ばれてトークイベントをやってきました。

「こんな時に祭りを開催するなんて不謹慎」という声をはねのけて、地元の有志が集まって開いた祭りも今年で六回目。震災から一年後、初めて女川町を訪れた時、町の壊滅的な状況を目の当たりにしてショックを受けました。「本当に何もかもが流されてしまったんだ」と。

震災から一年経っても倒壊した建物が散在し、瓦礫《がれき》が山となっていました。高台に登り、まるで空き地のようになってしまった女川の風景を眺めていた時、僕はふとこんなことを思いました。「女川の人って、こんな狭い所にひしめきあって住んでいたんだ」と。それほど町は小さかったんです。

そして、「これなら復興は早いんじゃないか」と思い、それをそのまま復幸祭の実行委員のみんなに伝えました。デリカシーのかけらもない言葉です。本来ならば、彼らの悲しみに寄り添い「大変でしたね」といたわりの言葉をかけ、「がんばってください」と言うのが精いっぱいのところです。でも、いろんなものを失ってしまった中で、自分たちが明るく振る舞い、祭りをやろうと考えた彼らに対して、不謹慎と思われようが、僕も正直に思ったことを口に出そうと思ったんです。

あれから毎年、復幸祭に呼ばれ、思ったことを伝えました。「最近さぁ、キミら震災感が薄くなってきてんじゃないの？　元気よすぎてさぁ、同情できないよぉ」「え、そうですか？　もっと被災地感出した方がいいっすかねぇ」なんて冗談も言い合いながら、彼らは六年間、どこよりも早い復興を目指し、後ろを振り向かず、前を向いて走り続けてきました。一昨年、女川駅が再建され鉄路が復活し、そして今年、新しい商店街がほぼ完成しました。地元の新鮮な魚介類を扱う店が並び、観光客が押し寄せていました。彼らは驚異的な速度で復興を遂げたのです。いやそれは復興ではなく、新たな女川町の誕生でした。

僕は五年前と同じ高台に立って、町の様子を眺めました。盛り土がされ、広い道路が海岸沿いに出来上がり、町は生まれ変わっていました。僕は震災前の女川を知りません。でも、町の様子が以前と今とで一変していることはわかります。それは、震災で町が流されてしまった変化よりも、実はもっとすごい変化だと僕は感じました。昔の女川の町の痕跡が、本当になくなってしまったのです。

「これでいいんだろうか」と僕は考えてしまいました。女川に住まう彼らは今も前を向き、新しい町づくりに奔走しています。でも昔の町の姿も知っている彼らが数年後に自分たちの作った真新しい町を見て、えも言われぬ喪失感を感じるのではないかと考えました。「自分たちが昔の女川を完全になくしてしまったのだ」と思ってしまうかもしれないと。

その話をしたら、彼らはこう言いました。「僕らは僕らの考えで女川の町を作っている。今度は次の世代が、自分たちの考えで町を作っていけばいい。そうやって女川の町は出来ていく」と。彼らはどこまでも前を向いていました。ぜひ女川の町を訪れてみてください。「町は人が作る」という単純なパワーを実感できます。

（四月六日）

「全力を出す機会」が気力保つ

三月に大分県竹田《たけだ》市で行われた「岡《おか》の里《さと》名水マラソン」に出場し、完走しました。これで通算八回目のフルマラソン完走。経験のない人には「なぜそんなに苦しいことをわざわざ?」という疑問が常にあるようで、今回も「あなたはいわゆるマゾ気質なんですか?」と真顔で聞かれました。つまり「自分の体と精神を痛めつけることに快感を覚える気質なのか?」と。

そういう類いの人もいるかもしれないけど、自分は全く逆で「なるべく自分を痛めつけたくない類いの人間」です。じゃあなぜマラソンなんてキツいことをするのか改めて自分なりに考えてみると、それは「年を取っても全力を出せる、数少ない機会だからやっているんだ」と思い至りました。

赤ちゃんの頃は全力で泣き、子供の頃は全力で遊び、若い頃は全力でスポーツに打ち込み、社会人になったばかりの頃は全力で悩んだり落ち込んだりと、常に自分の体と精神をフル活用していたのに、四十代半ばあたりからそういう「全力を出す機会」というのがめっきりなくなっていくんですよね。

それはまあ、考えてみれば当たり前のことで、スポーツ選手だって年を重ねていくうちに力を抜く所は抜き、肝心な場面では集中して力を出すようになって、そんな余裕のあるプレースタイルがチームには頼りになったりするわけです。

仕事だって同じですよね。いつまでも若い頃のように全力で悩み、落ち込んでいるベテラン社員がいたら、それはもう「社会人として全く成長してない」とも言えるわけで。経験を積み重ねていくうちに「ここに力を入れても無駄だな」とか「ここはふんばり所だな」とか、そういう緩急が見えてくるわけです。

若手はね、力の入れ所がわからずに常に全力で走り全力で悩んでいる。そんな若手に対し「よし、わかった」と、「おれがなんとかする」と、肝心な場面で力を発揮するのがベテランのあるべき姿なわけです。

でもね、年を取れば体力は衰えてくるわけで、そうなると往々にしてですね、「ここに力を入れても無駄だな」と思うことばかりが増えてだいたいの仕事を若手に振り、たまに「ここはふんばり所だな」と思っても「これもキミにとっていい経験だからね」と体のいい言い訳をして若手に仕事を振り……。

結局のところ「よし、わかった」と力を出す機会もないまま、気づけば「あの人なんにもしない」と言われているベテランも多いわけです。年を取っても、体力が衰えても、どっかで「全力を出す機会」がないと、せっかく積み重ねた経験が何も生かされません。

三月にマラソンを走り、五月は芝居をやります。今は会社帰りに稽古をしている真っ最中。劇団イナダ組「シャケと爺と駅と」という作品です。五日から七日まで札幌、十一日から十四日まで東京公演。なんとなく（？）宣伝を入れ込みましたけど、芝居も五十歳を超えたこの年で「全力を出せる数少ない機会」なんですよね。

マラソンも芝居も本業じゃないんですけど、でもこういう機会を持つことによって、「ここはふんばり所だな」という本業の場面で「よし、わかった」と言える気力が維持されていると思うんですよね。

（四月二十日）

先々考えるのは経験積んだ後

「あっ！　しまった！」と思う瞬間ってありますよね。この前ね、時代劇の舞台の本番で、ハッと気付いたらサンダルのまま舞台に上がっちゃってたんですよ。それも蛍光色みたいな派手なやつ。「しまった！」と思ったけどもう遅い。周りの出演者は僕のサンダル姿に釘付けで笑いをこらえてる。しょうがなく、さも下駄《げた》を脱ぐようにサンダルをその場で脱いで芝居を続けましたけど、お客さんも気付いてましたね。そりゃビカビカの蛍光色ですもん。

なんでそんな失敗をしてしまったか。出番の直前に、まったく違うシーンのことを考えてたんですよね。「こうやったらもっといいんじゃないか？」みたいなね。そう考えること自体は別に悪いことじゃないんでしょうけど、でも、ふと気付いたら自分の出番だった。それで「あっ！」となって慌てて舞台に出たらサンダルだった、というわけで。

言い訳じゃないんですけどね、白足袋を履いてるんですよ、時代劇ですから。これ汚れやすいんです。楽屋で白足袋のままウロウロしてる人もいるんですけど、僕は気をつかってね、出番じゃない時には汚れないようにサンダルを履いてたんです。それがまぁ、裏目に出てしまったというわけで。つまりは、先回りしていろんなことを考えていると、目の前のことがおろそかになって失敗する、というね。

ずいぶん前のことになりますけど、昨年現役を引退した武田勝《たけだまさる》投手と対談をしたことがあります。ダルビッシュがまだファイターズにいた当時、彼を押しのけて勝ち頭になったほど武田投手が絶好調だったころです。ポーカーフェースと言われ、淡々と投げる姿には安定感がありました。でもね、話を聞いてみると、本人は常に自信がなくて、とにかく必死だったそうです。

マウンドに上がったら「目の前の打者をどう打ち取ったらいいのか」と、もうそれしか考えてない。その打者をアウトにしたら、すぐに頭を切り替えて次の打者のことを考える。ガッツポーズを取るヒマなんかない。一人アウトにしたぐらいで喜んでる場合じゃない。ダルビッシュのように球が速いわけではないから、自分は必死に投球の組み立てを考えるしかない。「それが周りの人にはポーカーフェースに見えているだけのことなんです」と。でも、彼のその「目の前のことだけを考える」という必死な姿勢が、好結果を生んだんでしょうね。

僕もね、舞台で役者をやるようになってまだ三年ですよ。実力も経験もまだまだな自分が、本番中に違うシーンのことを考えたり、白足袋が汚れることに気をつかったり、そんなのって実は余計なことなんですよね。そんなことに気を取られてるから、目の前のことに失敗する。

「先々のことをよく考えろ」とかよく言いますけど、それは本来、経験をある程度積んだ人が考えるべきことなんです。実力も備わってない人間が、言われるがままに先々のことを考えてたら目の前のことがおろそかになるんです。

五月になり、職場に新人が配属されたばかりの今、彼らに「もっと先のことを考えて仕事しろ」なんて言ってませんか？　それこそが新人を失敗させる原因なんですよ。

（五月十一日）

組織的な芝居、笑いに個性

「演劇界の芥川賞」とも言われる岸田國士《くにお》戯曲賞を今年、見事に受賞したのは京都の劇団「ヨーロッパ企画」を主宰する上田誠《うえだまこと》氏。東京の名だたる劇作家を差し置いて関西勢が受賞したのは、実に十九年ぶりのことだそうです。

同志社大学の演劇サークルの仲間を中心に結成し、コメディー作品ばかりを演じ続け、来年結成二十周年を迎える「ヨーロッパ企画」。彼らとはもう十年ほど前に知り合い、その独特な笑いを北海道の人たちにも伝えたいという思いから、短編のコメディー作品を集めた「ヨーロッパ企画です。」という番組を制作し、ＤＶＤ化もしました。

大泉洋が所属するチームナックスのように、人気のある劇団にはだいたい主役を張るスターがいるものですが、この「ヨーロッパ企画」にはそんなスターはいません……と言うと失礼なんですが、でも彼らの面白さの神髄は、役者の個人技ではなく、組織的なプレーにあるんです。結成以来、ほぼ変わらないメンバーによる組織的な芝居が、他にはない個性的な笑いを生んでいるんです。

組織というものは新人を入れたり構成メンバーを変えたり、会社で言えば新入社員や人事異動、部署の名前を変えたり、新規のプロジェクトチームを作ったりと、あの手この手で新陳代謝を図ろうとします。それこそが組織を活性化する一番手っ取り早い方法だと思い込んでいるフシがあるんですよね。

でもね、それをやり過ぎると、逆に組織が本来発揮できる力を弱めていっていると僕は思うんですよ。新人を入れたり、異動をしたりすれば、停滞していた組織が勢いを取り戻し、また新たなスタートをきれるような印象はあります。

でも、よくよく考えれば「スタート位置に戻ってしまう」というマイナスの意味もあるわけですよ。誰だってスタートダッシュは良いものです。でもその勢いは当然のことながら続かず、どこかで失速し、停滞する。そのたびにスタート位置に戻っていては、結局のところ前には進んでいないのです。

「ヨーロッパ企画」を主宰する上田君は、よく劇団員に「作品ごとに違う風景を見せたい」と言うそうです。彼が志向するコメディーは、個人プレーのギャグ的な笑いではなく、あくまでも組織的なパス回しによって起きる笑いです。そのためには固定されたメンバーによる息の合った組織力が必要で、彼はそれを維持するために、劇団員に対して「違う風景を見せたい」と言っているのでしょう。

「違う風景」を見せるには、常に前に進んで行く必要があります。でもこれって、実は難しいことでもなんでもなく、スタート位置に戻らなければいいだけのことなんです。失速したって、停滞したって、ゆっくりゆっくり進んで行けば、その先には間違いなく「違う風景」が見えてくる。

つまり上田君は「組織力を高めるためには同じメンバーで長く続けるしかない」というシンプルな道理を実践しているだけのことなんです。

スターのいないヨーロッパ企画という地味な地方の劇団が、ムカデ競走のように全員が肩に手を乗せ、歩調を合わせて、二十年という長い年月をかけてゆっくりと前に進んできた結果、彼らは日本演劇界の最高峰の賞を獲得したのです。

（五月十八日）

柔軟性満載、「豊かな食」に満腹

各地を旅して、いろんなものを食べてきましたが、北海道の「食の豊かさ」は、やはりズバ抜けていると感じます。

本州から来た人はだいたい真っ先に「北海道といえば海産物!」「ウニやイクラがのった海鮮丼を食べたい!」と言うんですけど、どうですか? 我々は普段そんなに海鮮丼なんて食べませんよね? 北海道は肉も美味《うま》いし、野菜も美味い。北海道に海鮮丼しかなかったら、それは「食が豊か」とは言えません。もちろん海産物が代表的な食であることに間違いはありませんが、それ以外にも美味いものがたくさんあって、多様性にとんでいるからこそ「豊かだ」と言えるんです。

札幌に住んでいるので主に札幌の話になってしまいますけど、まずはね、ラーメン店の総合的な実力は間違いなく全国一だと思います。九州、徳島、和歌山、喜多方……。各地に特徴的なラーメンが数々ある中、札幌ラーメンの特徴は、味のバリエーションの多さにあると思っています。

「熱しやすく冷めやすい」「無節操になんでも採り入れる」と言われる道産子気質そのままに、今や「札幌といえば味噌《みそ》ラーメン」という固定観念にとらわれることなく、様々に工夫をこらしたラーメンが登場して味の幅を広げています。

そんな熱心なチャレンジ精神が、札幌ラーメン全体の実力を底上げしている。それを根底で支えているのが麺の質の高さ。歯ごたえがあってスープの味がよくからむ、札幌ラーメン独自のちぢれ麺があるからこそ、様々な味に挑戦できると僕は思うんですよ。

スープカレーもかなりチャレンジ精神旺盛で独特な食ですよね。カレーといえばルーをご飯にかけて食べるという固定観念をくつがえして、カレーのスープにご飯をひたして食べるというスタイル。肉とタマネギ、ニンジン、ジャガイモという定番に加えて、ダイコンやヤマイモ、豆類、キノコ類のほか、ザンギや納豆なんかもトッピングするというこの食べ方は、他にはない札幌のスープカレー独自のものです。カレー屋といえばスープカレーというほど札幌に定着しました。

北海道独自の味といえば、ジンギスカンも外せません。スーパーの食品売り場に羊の肉が普通に置いてあるのは北海道だけでしょう。焼き肉屋のほかにジンギスカン屋があるのも北海道ならでは。

道外に出てしまった子供たちが帰省したときに、飢えたように食べるのがラーメンとスープカレーとジンギスカン、そして回転寿司《ずし》です。やっぱりね、回転寿司の美味さは北海道の店がダントツです。全国チェーンの店より値段は少し高めでも、北海道の海産物の質の高さが断然満足度を上げてくれます。

「ラーメンといえば味噌」「カレーといえばルー」「焼き肉といえば牛か豚」「回転寿司といえば一皿百円」というような、固定観念をくつがえして作り出された食が、今や日常にすっかり溶け込んで、北海道に住む僕らの食生活をとても豊かなものにしてくれています。食に限らず様々な場面で、思いきって固定観念をくつがえし、多様性を作り出し、それを柔軟に採り入れていくことが、僕らの生活を豊かにしていく、ということなんですよね。

（六月一日）

時は金なり、継続は力なり

神戸にあるサンテレビで、僕が座長を務める劇団・藤村源五郎一座のメンバーと「SAMURAI・ゲンゴロウ」という三分間のミニ番組を数カ月前からやっていま す。現在放送している企画は「SAMURAIクッキング」というタイトルで、侍の衣装で三分以内に料理を一品完成させるというもの。もはや侍の格好はなんの意味も持たなくなってきているんですが。

テレビに料理のミニ番組やコーナーは数々ありますが、だいたい事前に下ごしらえをしています。たった数分間ではさすがに料理は完成しませんからね。でも僕がやっている番組は、下準備を一切せずに三分の枠内で調理して、そのうえ試食までするというものです。となれば実質、調理の時間は二分半程度。こうなるとですねぇ、普通の料理番組ではありえないほど、あたふたとするわけです。

最初にやったのは目玉焼きなんですが、これすらまともにできない。僕ね、料理はよくするんです。得意と言ってもいい。でもね、二分半という時間制限があると、いきなり卵を割るところから慌ててしまって黄身をつぶしてしまう。フライパンに油を入れるのを忘れて焦げ付かしてしまう。もう散々です。

次にやったのはクレープ。もちろん生地から作ります。まずは卵に砂糖を入れてよく泡立てる。電気式のハンドミキサーを使ったんですが、乱暴に扱ったせいか先っぽの泡立て器の部分がポンッと外れてしまい、その時点でもう頭がまっ白になって、外れた泡立て器をわしづかみにしてカシャカシャカシャと手動で混ぜ合わせる始末。

時間内でちゃんと出来たのはカレーです。米を炊くには三十分かかりますから、カレーライスではなくカレーだけなんですけど、これは余裕で出来ました。ジャガイモやニンジンは火が通るまでに時間がかかりますから使わず、火の通りやすい薄切りのバラ肉、タマネギ、ニンニク、パプリカをざく切りにして炒め、その間にお湯を沸かしておいてジャーッとフライパンに投入。そこにミニトマトを入れて砕いたルーを溶かせば、色鮮やかなカレーが完成。やっぱりね、カレーは今までに何度も作ってますから、材料選びからして経験が生かされるわけです。

アジのフライも作りました。もちろん切り身ではなく丸ごと一匹から調理スタート。三枚におろして骨を抜き、シソを巻いて、小麦粉、溶き卵、パン粉の順に付けて油で揚げる。これは最初の三枚おろしで手間取り、六分もかかってしまいました。でもね、三枚おろしを練習すれば三分以内に仕上げる自信はあります。

この番組で学んだのはね、いきなり短時間でやろうとすると実力の半分も出ないけれど、カレーのように経験値があれば、短時間で完成させる工夫はできるということ。

これって仕事に当てはめると、新人であれ新規事業であれ、いきなり「短時間でやれ」と言うのはダメってことですよね。だからといって「慣れるまでゆっくりやろう」と言うのは逆効果。「時間をかけずにやれ」と言っておいて、とにかくやり続けさせる。でも、その間の仕事の出来栄えについてはとやかく言わない。やがて本人が工夫をし始めるようになった時に初めてアドバイスを与える。これが一番の良策のように思った次第です。


（六月十五日）

型破りだからこそ、できた

僕は今東京で、ミスターこと鈴井貴之《すずいたかゆき》さん主宰の演劇プロジェクト「オーパーツ」の公演「天国への階段」の稽古をしています。このプロジェクトに役者として参加するのは三回連続になります。

鈴井さんがもう二十年以上も前に札幌で立ち上げた劇団「オーパーツ」。彼の過激な演出によって札幌の演劇界で一時代を築いたこの劇団も、しかし大泉洋さんをはじめとする北海学園大学演劇研究会が母体の「チームナックス」が登場すると、まるでバトンを渡すかのように、あっさりと解散しました。ご存じの通り「チームナックス」はその後、全国的な人気となり、今や「日本で最もチケットの取りにくい劇団」とまで言われるような存在になりました。

そんな中、十年以上の時を経て数年前に復活をした「オーパーツ」。鈴井さんは昔のような「劇団」という形ではなく「プロジェクト」という形で復活させました。つまり、固定された役者（劇団員）による芝居ではなく、公演ごとに違う役者を集めて芝居を作るというプロジェクトにしたわけです。

東京という土地ならば、東京在住の名のある演出家が、東京にいる有名な俳優を集めて芝居を作るというプロジェクトはよくあることです。でも、鈴井さんがやったのは、北海道の演出家である自分が音頭を取って、東京をはじめとする各地の役者を集めて、東京で芝居を作るというプロジェクトなんです。

コレ言うなれば、北海道の小さな企業が音頭を取って、東京をはじめとする全国の有名企業を集めて、東京で一大プロジェクトを展開するような、そんなイメージです。「地方企業が東京（もしくは全国）に進出する」のはよくあることですけれど、そんな時に地方の企業が真っ先に考えることといえば「東京でどうやったら受け入れられるか」ではないでしょうか。そのためには、まず東京のやり方を学び、今まで地方でやってきた自分たちのやり方を改め、そして全国に通用するような企業風土を作り上げる……。そういった考え方になりがちだと思います。

でも鈴井さんがやっているプロジェクトは違うんです。あくまでも、北海道で培ってきた自分たちのやり方を変えることなく、そこに東京をはじめとする各地の役者を集めて、北海道のやり方に巻き込んで行く。もちろん、そんなことをすれば混乱も生まれます。でも鈴井さんは、その混乱をあえて起こし、その中から生まれて来るものに期待をしているんです。

よく考えればね、東京のやり方って「スタンダード」なんです。実はみんなよく知っている。でも北海道で「水曜どうでしょう」をやっていたような僕らのやり方ってスタンダードじゃない。そこに人を巻き込むと混乱する。混乱のあとに来るのは破滅だったりもします。

でもね、人間ってそう簡単に破滅に向かわないんです。逆に結束するんです。誰もが僕らのやり方を理解しようと全力で考える。すると必然的に前のめりになって自分から動くようになるんです。

今回の「オーパーツ」も、バラバラに集められた役者たちが見事に結束しつつあります。そんな様子を見ながら、僕と鈴井さんは心の中でガッツポーズを取っています。

（七月六日）

老化現象、開き直るのも悪くない

　五十歳を超えますと、老化現象というものが如実に出てくるわけでございまして。老眼なんてのは四十代であからさまにやってきましたし、白髪もそう。頭頂部あたりもこのところ薄くなってきたような気もいたします。このあたりの老化現象というのは隠しようがないものでして、人様も「あぁきてるね」とお見通しですから、こちらとしても「きてますね」と公言せざるを得ないところもあります。

　しかしながら、人様からはあまり見えない部分での老化というのもあるわけでして、そのひとつが歯です。わたくし、上の奥歯が全部抜けてしまって、いわゆる「部分入れ歯」なんです。これってね、老眼や白髪なんかよりもショックが大きいんですよ。だってね、入れ歯安定剤とか入れ歯洗浄剤のＣＭに出演しているのは決まっておじいちゃんで、かわいい孫と一緒にせんべいを食べようとしたら痛くて食えない、みたいな悲哀が表現されてたりするわけです。

いや、実際のところカタいせんべいなんて食えないし、ガムも入れ歯にひっついちゃってダメ。別にこれからの人生、カタいせんべいもガムも食えなくたって悔いはないんですけど、困るのがね、人に勧められたときなんですよ。「ガムどうですか?」とか「このせんべいめっちゃカタいんですけどめっちゃウマいんですよ」って言われたときに、「入れ歯なのでいりません」とはハッキリ言えないいんですよね。

「あ、大丈夫」みたいな曖昧《あいまい》な言葉でごまかしちゃうんです。スマホの細かい字が読めないときは「もう老眼だもん」なんてわりと平気で言えるのに、なぜか入れ歯の場合はそう言えない。

根本には、先のCMのイメージもあって「入れ歯」イコール「おじいちゃん」という図式がハッキリ浮かんで恥ずかしくて言えない、ということがあります。でも、老眼も白髪も同じ老化現象なのに、なぜ入れ歯の方が恥ずかしいと思ってしまうのでしょうか?

例えば、頭髪が薄くなってカツラをつけている人は「私は隠します!」という確固たる意思があって秘匿しているので、それがバレたら恥ずかしいという感情が生まれます。でも老眼や白髪のように隠しようがない現象、つまり人様にすっかりバレてしまっている現象は、開き直って「そうですよ」と言うしかありません。入れ歯の場合、別に隠してるわけじゃないんだけど、そもそも隠れて見えない位置にあるから、わざわざ公言しない限りバレることはないわけです。それがいつしか「カツラがバレたら恥ずかしい」のと同じように、「老眼よりも入れ歯の方が恥ずかしい」という感覚を勝手に作り上げていったんでしょうね。

老化現象が進んでくると、いろんな不具合が隠しきれなくなって、開き直ってきます。「だってもう無理だもん」ってね。そうすると見えを張ることもなくなって、細かい字をスラスラ読めたり、カタいせんべいをバリバリ食えたりする人を見ただけで、「すごいね」なんて褒めたくなってきます。

自分のできないことを認め、できる人を褒める。それって人間関係上とても良いことですよね。老化現象が進んで互いをそんな風に認め合える世の中ならば高齢化社会も悪くない、なんて思ったりします。

（七月二十日）

自分の特長に気付くには

月に一回、水曜日の夜十時からラジオNIKKEI第2で「藤村忠寿のひげ千夜一夜」という番組をやっています。仕事のことや身の回りで起きたことを語りながら絵本の朗読をするという番組でして、「藤村さんは声がいい」ということで起用されました。テレビ局員なのに他局でラジオ番組をやっているのは不思議なことですが、「水曜どうでしょう」でも姿は映らずとも出演者よりもよくしゃべっているわけで、自分にとって「声」はとても特徴的なものなんだなと改めて思います。

とにかく声がよく通るんですね。居酒屋なんかでしゃべっていると「藤村さんですよね？　声を聞いてすぐわかりました」と。聞けば「店中に響き渡ってましたよ」と。こうなりますと内緒の話なんかできないわけで注意も必要です。あと居酒屋では、僕の声が大きいので、周りの人たちのしゃべり声もそれにつられて大きくなり、店の人から「もう少し声のトーンを下げていただけますか」なんて注意されることもしばしばです。

でも三年前からお芝居をやるようになって、この声は圧倒的な長所です。今まで発声練習なんかしたことがないのに、舞台経験の多い役者さんたちの中にあっても「一番よく声が聞こえました」と言われます。

そういえば、福山雅治《ふくやままさはる》さんのライブに行った時に終演後にお会いする機会があって、感激しながら福山さんに「本当にいい声ですよね」と言いましたら、「いや、あなたの方こそいい声です」と言われて舞い上がりました。

声が通るのは昔からで、学生時代に二階建ての下宿に住んでいたんですけど、テレビを見て一人でよく笑っていたんですよね。すると下宿中の学生が「お！　面白い番組やってるぞ」って、慌ててテレビをつけていたらしいんです。知らなかったのは自分だけで、下宿の住人たちの間では有名な話だったとか。

自分の特長って、よくわからないものですよね。だって自分にとっては普通のことで、もともと備わっているものだし。一方で他人を見て「いいなぁ」と思うことは多くて、自分にはないものを求めてしまうもので。その結果「なんで自分にはできないんだろう」なんて落ち込んだりして。そんなことよりも、自分の特長を生かして伸ばした方がよっぽどいいのに、なかなかそうはいかないものですよね。

運動神経がいいとか、学力が高いとか、そんなわかりやすい特長を持っている人はごく少数で、ほとんどの人は、わかりにくい細微な特長しか持っていないものです。でもわかりさえすれば、それを社会の中で生かして、楽しく生きていけるはずなんです。

ではどうしたら自分の特長がわかるのか？　それは、他人と積極的に関わることしかないんですよね。人間関係が濃密になれば面倒なことも多いですけど、その面倒なことを経験して初めて自分のことがよくわかる。居酒屋で「うるさい！」って怒られて初めて、自分の声の大きさがわかるみたいなね。

人間関係が希薄だと、いつまでも自分のことがわからなくて、ずっと人に嫌われないように、自分を出せずに苦しんでしまいます。嫌われたり怒られたりするのは、自分の特長を自覚するために必要なことだと思えばいいんですよ。

（八月三日）

何げないことを楽しめる幸せ

夏になりますと花火大会とかね、お祭りがあって露店がずらりと並んで、みんな浴衣を着たりしていそいそとお出かけしたりしてね、楽しそうですよね。でも実はわたくし、あんまりそういうの好きじゃないんです。自分から進んで「花火大会に行こう！」なんて気持ちにはならないんですよね。その理由というのが、ちょっと変わってまして。

花火やお祭りって夏の代表的なイベントで、多くの人が出かけます。人混みは確かにあまり好きではないんですけど、それよりも「花火大会行った？」と言われて「行ってないけど」なんて言えば「えー？　行ってないの？　夏なのに」みたいに言われ、「じゃ、お祭りは行った？」と聞かれて「いや、行ってない」と答えれば「えーっ！

お祭りも行ってないの！」と驚かれ、最終的には「夏を満喫できなかったんだね」みたいに言われて気の毒そうな顔をされるじゃないですか。

花火やお祭りって、とてもわかりやすい夏のイベントで、それに参加さえしておけば「夏を満喫したね」と言われるし、自分自身「とりあえず夏を満喫した」と納得させられるんでしょうけど、でもね、僕にとっての夏は、とうきびを茹《ゆ》でて食べることであったり、夜七時過ぎまで明るい気持ちのいい気候の中でウッドデッキでビールを飲むことであったり、汗をかきながら太陽を浴びて歩くことであったり、そんな何げないところでも十分に夏を感じて満足しているわけですよ。

きっとそういう人たちも多いと思うんですけど、でも世の中の、わかりやすいアイコン的なイベントだけで「夏を満喫！」って言ってしまうような一辺倒な流れに、僕はちょっと疑問を感じてしまっているわけです。

あとね、話は変わるんですけどわたし、誕生日をお祝いされるのがイヤなんです。お店が急に暗くなって、奥から「ハッピーバースデー！」なんて陽気に歌いながらケーキが出てくるようなサプライズなんて絶対にやってほしくない。ケーキは好きだし、プレゼントも大歓迎なんですけど、なるべくならそっとしておいてほしいんです。

僕にとってはいつもと変わらない一日。だけど、なぜかケーキを食べられて、プレゼントをもらっちゃった、ぐらいの日であってほしいんです。

誕生日なんて、たかだか年に一日だけのものなんですよ。その日をイベント化して他人を巻き込んで祝ってもらうよりも、残りの三百六十四日の何げない毎日の中に、少しの楽しさを見つけて「あぁ、今日はいい日だったな」と自分が思えればそれでいいんです。そうするとね、「今日食べた豆腐は美味《うま》かった」ぐらいでもう十分にいい一日になるんですよね。

この考え方って「水曜どうでしょう」の根底にありましてね。「せっかく海外に行ったのに観光地にも寄らずに車ばかり乗って」とかよく言われるんですけど、車の中で退屈をきわめていくと、少しのことでも楽しもうとするんですよね。

料理を作るだけでも大きなイベントになって、上手にできれば盛り上がり、まずいものができればケンカになる。たいしたことはない、とても日常的なことを少しでも楽しもうとする、その考え方が「水曜どうでしょう」にはあります。

（八月十七日）

ライブ楽しめ、道産子様変わり

札幌は、コンサートやお芝居をやってもなかなか集客が難しい土地と言われています。お客さんたちの雰囲気がとてもあたたかいと評判の一方で、静かで、なかなか盛り上がらないともよく聞きます。でもこの定説が、明らかに変化してきているのを僕は、先月まで全国公演をしていた鈴井貴之さんの演劇プロジェクト「オーパーツ」で実感しました。

東京から始まり、大阪公演を経て、札幌入りしたんですが、僕も鈴井さんも札幌のお客さんの雰囲気をよく知っていましたから、他の出演者たちに「僕らの地元だけどあんまり盛り上がらないから」なんて言っていたんです。その前の大阪がかなり盛り上がって、ずっとスタンディングオベーションだったので、みんながそれを期待してしまうと札幌でへこむんじゃないかなと思って。「札幌のお客さんはおとなしいからね」って。

でもこれが、フタを開けてみれば予想外。大阪以上にお客さんが笑うし、泣くし、とにかく反応がいいんです。そして最後はスタンディングオベーション。でまたその空気が、実にあたたかいんですよ。僕も鈴井さんも感激してしまいました。

思い返せば、昨年のオーパーツの札幌公演でも観客総立ちであたたかい拍手を送ってもらって、思わず鈴井さんが舞台の上で泣いてしまいました。あの時に、札幌のお客さんの反応が変わったなとは思ったんですけど、今年はそれが確信になったわけです。

先週末に札幌でお笑い芸人の東京03のコントライブがあったんですけど、この会場でもまさにそれを実感しました。とにかくよく笑うんです。そしてコントの最中でも拍手が巻き起こる。それに乗せられるように東京03が舞台上で台本にないような動きを見せて、さらにお客さんが盛り上がる。「全国でライブをやってきたけど、あんな拍手は受けたことがない」と、彼らも言っていました。

なぜここ数年でこんなに変わったのでしょう？　北海道人は熱しやすく冷めやすい

とよく言われます。ヨサコイも日ハムも、それがおもしろいとわかれば、余計な先入観なしに一気に盛り上がる。一方で、おもしろくなければ一気に冷める。そして、よくわからないものは静観する。今開催されている札幌国際芸術祭は、盛り上がりがいま一つのように感じます。まさに静観しているような状態でしょう。ある意味、北海道の人たちはとても正直な反応をしているのです。

道内ではここ数年の間に、ライジング・サン・ロックフェスティバルのほかにも、岩見沢《いわみざわ》でジョイン・アライブが始まり、野外フェスに触れる機会が増えました。夏と冬には札幌演劇シーズンという取り組みも始まって、芝居に触れる機会も少しずつ増えました。日ハムの応援に球場に足を運ぶのはもはや普通のことになっています。

お芝居やライブやスポーツなど「生のイベント」に触れる機会が一気に増えたことによって、札幌の人々が「観客として楽しむ方法」をわかってきたんでしょうね。今、札幌のお客さんは、全国的に最上のお客さんと言えるのではないでしょうか。東京から北へは来なかったコンサートツアーや演劇が、札幌で開催されるようになる日は近いと僕は思っています。

（九月七日）

スマホは興味そそる宝箱

ここ数年、あまりテレビを見なくなったんです。テレビマンなんですけどね。その代わりスマホの画面はよく見る。メールをしたり、フェイスブックを開いたり、ネットを見たり、ゲームをしたり。

多くの人がそうだと思うんです。これは、テレビがおもしろくなくなったからなんでしょうか？　確かにそれも少しはあるかもしれません。でも根本的な原因は違うところにあると僕は思っているんです。

たとえばね、部屋でテレビをつけて、スマホでゲームをしていたとします。すると隣の部屋からこんな男女の声が聞こえてきて――。

「なんで今そんな話をするのよ！」「だっておまえが……」「もう私のことはいいの

よ！」「話をそらすなよ！」「だから、あなたのそういうところがイヤなのよ」「おれのことより、あいつとは結局どうなってんのよ？」「それは関係ないじゃない！」みたいなね、言い争いが聞こえてきたとします。そうすると、すぐさまテレビを消し、スマホを投げ出して、じっと隣から聞こえてくる会話に耳をそばだてると思うんですよ。「これは男の方がダメだな」とかね、勝手なことを言いながら、最後までこのケンカの行く末を聞きたいと思ってしまう。こうなると、テレビもスマホも勝てないわけです。

人が一番気になるのは、やっぱり人の動向なんですよね。隣の部屋から漏れ聞こえてくる会話は、それがどんな内容であれ、とりあえずは気になる。それが言い争いであればなおさら気になる。自分がその言い争いの渦中に入るのは絶対にイヤだけど、こっちが聞いているのを知られずに盗み聞きしている状況は、とても無責任で居心地がいい。

良いとか悪いとかの問題ではなく、人は社会の中で生きているわけですから、これはどうしようもない欲求なんです。

今までは、新聞やテレビや雑誌が社会の動向を知る手段でした。身近な人の動向は手紙や電話で知り、自分の動向を手紙や電話で伝える。でもネットが発達して、携帯電話やスマホが普及すると、世界中の動向から有名人の動向、知人の動向、そしてまったく知らない一般の人々の動向までもが、片手の中で簡単に知れるようになったのです。これはもう興味が尽きません。

テレビは相変わらず、政治家の動向や、有名人の動向、犯罪者の動向しか伝えられません。隣の部屋から漏れ聞こえてくる会話のような、今の自分にとって最も興味のある人の動向は伝えられないのです。でも、スマホの中にはいろんな人の動向を知る手段があり、それを人に伝える手段もある。これはもう万能です。

テレビを見るよりも、スマホを見る時間が増えてしまうのは、だから仕方のないことだと僕は思っているんです。テレビがおもしろくなくなったからテレビを見なくなったのではなくて、テレビ以外にもっといろんな人の動向を勝手に知る手段ができてしまったから、テレビを見る時間が減ってしまった、というのが根本的な原因だと思います。

でも、テレビにも少なからず原因はある、とも思っています。そのお話はまた次回。

（九月二十一日）

視聴者抜きの空騒ぎはNG

毎年「どうでしょうキャラバン」と題して、全国各地で視聴者との交流イベントを開催しています。今年は九月六日の青森を皮切りに二十四日の静岡まで十一県を回りました。各会場とも数千人規模のイベントです。お客さんと直接顔を合わせて番組の話をしたり、話を聞いたりするのは双方にとって貴重で、そして楽しい時間です。

「水曜どうでしょう」が他の番組と最も違うところは「カメラの向こうにいる視聴者を常に気にしているところ」だと思います。番組の中で大泉洋さんがディレクターの私から理不尽なことを言われた時、彼はよくこんなことを言います。

「視聴者のみなさん聞きましたか？　今の言葉、ひどいでしょう！」

これってタレントさんはあまり言わないことです。普通のバラエティー番組であれば、「いやいやちょっと待ってよ！　勘弁してよー！」みたいなセリフを出演タレント同士でやりとりして盛り上がります。カメラの前でいかに面白くそうした芸を披露するかが腕の見せどころで、あくまでその結果を視聴者に見てもらうわけです。

ところが大泉さんは、次元を超えて視聴者に直接訴えかけるんです。大泉さんは芸人ではありませんから「芸を披露する」という意識よりも、この理不尽な状況を広く世間に訴えて打開を図りたい意識の方が強いわけです。訴えかけられた視聴者は「そりゃあ大泉さんかわいそうだ」みたいに、渦中へと自然に引き込まれてしまうんです。

そもそもディレクターである私は、カメラが回っているのに出演者の話に入り込みます。「大泉さん、今のはおもしろくないなぁ」みたいなことを平気で言う。

これって実は視聴者の代弁でもあるんですよね。みなさんもテレビを見ていて「おもしろいなぁ」とか「たいへんそうだなぁ」とか、いろんなことを思うでしょう。それと同じです。

「『どうでしょう』は自分も一緒に旅をしているような気になる」とよく言われますが、要因はここにあるんですよね。僕らは常に視聴者を気にして、視聴者に見せるだけではなく、視聴者を巻き込もうとしている。

ほとんどの番組では、タレントが盛り上がっているのを視聴者は傍観しています。それが本当に面白ければ、傍観者である視聴者も腹を抱えて笑ってしまいます。観客を楽しませる、それがタレントの力というものです。でも、たいして面白くないのに無理して盛り上げようとしているタレントの姿を見せられるのは、傍観者にとっては苦痛でしかありません。

それでもテレビは盛り上がらないと番組として成立しないと思っている。だから、笑い声を足したり、すぐに手をたたいて笑うタレントやすぐに泣くタレントを客の代わりにスタジオに集めたりして、盛り上がってもらう。

それを傍観させられている視聴者は蚊帳の外なんですよね。そんなテレビを見ていると、街角にたむろして「えーマジか！」なんて、人目につく場所でわざと大声を上げはしゃいでいる若者の姿と重なります。

「盛り上がっている自分たちに注目して欲しい」という空騒ぎのような番組。そこから人が離れてしまうのは当然のこと。テレビはもっと視聴者に正直な姿を見せるべきだと思うんです。

（十月五日）

数字よりも幸福感なのかも

先月、京都でトークイベントをやったんですが、そのテーマが「『水曜どうでしょう』を作り出したディレクターに、ドラッカーをわかりやすく読み解いて欲しい」というものでした。

ドラッカーといえば、日本では映画化もされて大ヒットした『もしドラ（もし高校野球の女子マネージャーがドラッカーの『マネジメント』を読んだら）』の小説で知られる経営学者で、その思想が現代経営に多大な影響を及ぼした人物です。そんな偉人の言葉が「水曜どうでしょう」の番組作りにかなり当てはまるというのです。

例えばドラッカーはこんなことを言っています。

「ビジネスの目的の正しい定義はただひとつ。顧客を作り出すことである」と。

テレビというビジネスにとって、視聴率は番組という商品の価値を決める絶対的な指標です。視聴率をより多く獲得したテレビ局が他局より多くの利益を獲得します。北海道のローカル局であれば、道民により多く番組を見てもらうことが利益につながるわけです。

そのためには、道民にとって身近な、地域に根ざした番組を作ることが一番ウケが良い、最良の方法と考えられています。でも「水曜どうでしょう」は北海道にこだわらず、日本中、世界中へと番組の舞台を広げていきました。これまでのローカル番組の方法論としては逸脱しています。

でもそうすることで、道外のテレビ局が「水曜どうでしょう」を放送し始め、やがて道民以外にも多くの視聴者を獲得しました。すなわち道内のテレビ局が今まで持っていなかった新たな客を作り出したわけです。さらにその客に対して、これまで放送で流していたものとは中身の違うＤＶＤという新たな商品を作って売り出しました。それを買った客の満足度は上がり、客は「水曜どうでしょう」という番組をひいきにしました。すなわち「顧客」となっていったわけです。

顧客とは、言い換えれば「お得意様」です。僕らはそんなお得意様に対して数々のイベントを開いています。東京の下北沢で一日中ＤＶＤを見るイベントを開いたり、二十日間ほどかけて、青森から静岡まで十一県を回る「どうでしょうキャラバン」をやったり。そんなイベントを通して、お得意様と直接顔を合わせ、番組の話をする。

そこにあるのは幸福感です。自分が作った番組を愛してくれている人たちと出会えるのは最上の喜びです。それはお客さんにとっても同じでしょう。

ビジネス的な見地で言えば、番組を愛してくれている人であっても「視聴率」という指標の中の一人でしかありません。テレビ局はそんな指標だけを見てビジネスをしがちです。そこには幸福感などなく、視聴率の上下で利益を奪い合う無味乾燥な競争が存在するだけです。

ドラッカーの基本的な関心は「人を幸福にすること」にあったとされています。それはつまり、ビジネスを通してお客さんを幸福にする、そしてビジネスをしている人自身も幸福になることを求めているのだと思います。仕事はお金をもうけるためにやるのではなく、幸せになるためにやる。そう考えると、これまでの仕事のやり方とは違う方法論が見えてくると思います。

（十一月二日）

小さな異変……老化自覚のとき

　みなさん、朝起きたら最初になにをやりますか？　顔を洗うとか、牛乳を飲むとか、人それぞれに朝の日課みたいなものがきっとあるでしょう。私はまずキッチンに行ってエスプレッソマシンのスイッチを入れることが日課なんですよ。

　エスプレッソマシンが起動するには少し時間がかかるので、その間にトイレを済ませて、キッチンに戻ってコーヒー豆をフィルターに詰めてエスプレッソを作る。シューッ！ってね、いい蒸気が出るんですわ。そしてテーブルの決まった椅子に座って、エスプレッソを飲みながらゆっくり一時間かけて新聞を読む。これがもう十年以上変わらない朝の決まった行動です。

　エスプレッソなんてちょっとシャレてるじゃないですか。確かに最初はね、カッコいいなと思って外国製の数万円もするマシンを買ったんですよ。エスプレッソが特別に好きだったわけではなくてね、キッチンに置いてあったらおしゃれだし、なんなら休日の午後にね、たまに思い出したように飲めばいいぐらいに思ってたんです。

でも根が貧乏性ですからね、「せっかく買ったんだから毎日使わないと！」と使っているうちに日課になってしまっただけで。

今となっては別におしゃれだとも思ってない。昆布茶をするするのとなんら変わらない。だってもう銀ピカに輝いていたマシンも黒ずんで、キッチンを逆に汚しているような存在に成り下がっているわけですからね。

「毎朝エスプレッソを作って飲むなんてシャレてますね！　藤村さん」なんて言われるのは恥ずかしいぐらいの、単なる日課なわけです。

でもね、この日課にこのところ小さな異変が起き始めておりまして。朝起きてマシンのスイッチを押してトイレに行く。ここまではいいんですわ。いつも通りの安定感のある行動です。でもね、トイレを済ませてキッチンに戻ってコーヒー豆を詰めようと思ったら、フィルターが見当たらないんです。コーヒーカップも見当たらない。前日に洗ってシンクの横に置いておいたはずなのに。

「おかしいぞ」と。「さては誰かがどっかに片付けたな」と。「余計なことをしやがって」と。そう疑念を抱いて奥さんをチラッと見ると、すかさず彼女が言うわけです。「目の前にあるでしょ」と。「はぁ？」

視線を落とすと確かに目の前にある。「わかってるよ」と。「ちょっと見落としただけだよ」と。口には出さないけれど癪《しゃく》に障るわけです。こんなことがこのところ頻発しておりまして、そうなると奥さんもあきれ顔で「ここ！」って語気を若干強めて言うわけで。そう言われると朝っぱらから腹が立つので、今やトイレを出たら、奥さんに気付かれぬよう遠目からゆっくりとコーヒーカップとフィルターを目で探しながらキッチンに近づくわけですが、そこまでしてもやはり見つからないことも多々あり、そのたびに奥さんにあきれられるというのが、もはや日課になっております。

これが老化現象なんでしょうね。この現象を自覚しないと、いろんなことが癪に障り、不機嫌なオヤジになってしまうんでしょうね。自分のせいなのにね。

そう思って、寝る前にカップとフィルターの位置を確認するのが日課になりつつある今日この頃です。

（十一月十六日）

若手の教育より堂々と仕事を

最近の若い人はとてもまじめだが、すぐに仕事をやめてしまう、なんてことをあちこちで聞きます。「でも若い人って昔からそうでしょう?」「いや、ほんとに長続きしないんですよ」「昔と明らかに違うんです」。みんな口をそろえて言います。

そんなこともあって、若手の人材育成にはどこも力を入れています。昔のように「仕事は見て覚えるもの」なんて突き放したやり方では誰もついてこないし、乱暴な物言いではパワハラにもなりかねない。社内に若手育成のプロジェクトチームを組んで、教育プログラムを作る。コンプライアンスにも十分に注意しなければならない昨今、仕事上で失敗をおかさないためにも、あれこれと注意点を並べた講習を受けさせる。

精神的なケアも怠らず、カウンセリングにも気を配る。あたかも希少動物を保護するかのような手厚さです。「それでも若い人の職場離れは止まらない」と、「どんな育成をすればいいんでしょうか」と、「このままではウチの職場から若手が絶滅してしまう」と、みなさん相当頭を悩ませている。いやはや、この若手という希少動物にとっては、どこの職場も相当に住みにくい環境なんでしょうね。

私も管理職的な立場になってから「若手の育成」という職務項目が増えて、「優秀なディレクターを育ててほしい」みたいなことを言われましたけど、ずいぶん前に「僕は若手の育成を職務としてするつもりはない」と言いました。四十代を迎えたあたりから格段に仕事の幅が増えて、やっているヒマがない、というのがその理由です。

もちろん若手から話を聞かせてほしいと言われれば、喜んで飲みに行って「こんなやり方もあるんじゃないか」という提案は積極的にするけれど、手取り足取り教えてやるようなことはしません。若手が職場から離れていくならしょうがない、その分自分が働けばいいとさえ思っています。だって、そもそも社会全体で若い人が減り続けているんですから、その力をアテにするのもどうかと思うんです。

「最近の若い人」が仕事をすぐにやめてしまうのは、彼らに問題があるんじゃなくて、

「最近の仕事」の方に問題があるんじゃないかと思うんですよね。僕らのテレビの仕事にしたって、昔はもっと自由に番組を作っていたし、何より自分たちの作る意志というのが一番尊重された。

でも今は、こんな番組が視聴者やクライアントに求められている、みたいな事前のマーケティングが一番尊重されるし、何より作った番組に対してコンプライアンスは守られているか、視聴者から苦情がくるようなコメントはないかと、危機管理ばかりを考えてビクビクしながら番組を作っている。

その上、昔よりも明らかに賃金は安くなっている。そんな職場から離れていくのは当たり前だと思うんですよね。

若手の教育方法を考えるよりも、上の世代が自分たちの仕事のやり方を考え直すべきじゃないでしょうか。リスクヘッジばかり考えず、ビクつかず、失敗を恐れず、ちゃんと自分自身で考えて、思い切って課題を突破していく。そんな堂々とした仕事をすべきじゃないでしょうか。そういう職場には勇気があふれ、そして楽しい。若い人も喜んで仕事の輪に入りたいと思うに違いありません。

（十二月七日）

新作ロケ、じっくり焦らず

二〇一七年もまもなく終わろうとしています。思い起こせば、今年の仕事始めは「水曜どうでしょう」の四年ぶりのロケでした。年明け早々、僕らはある場所に集まり新作のロケをしました。そしてその後も何回かロケをしています。

でもご存じの通りまだ放送はされていません。放送日もいまだ決まらずです。それもそのはず、まだ編集にも手を付けていないんです。つまりは、まだロケが終わってないんですよね。年が明けて二〇一八年になっても、ロケは続く予定です。

「一年以上もかけてロケをするとは！　カナリな超大作なんですね！」と大いなる期待を持っていただくのはいいんですけど、実のところ僕ら自身は「超大作」なんて思ってないんです。なんなら「ショボい企画」であり、なんなら「そんなにおもしろくないんじゃないか」とさえ思っているぐらい。

それは今年の初め、ロケをする際に僕が「今回の新作をおもしろくしようなんて思わない」という心持ちで制作を始めたからです。

テレビ番組を作るなら「おもしろいものを作ろう！」と思うのは当然です。もちろん僕だってそうです。でも「水曜どうでしょう」を始めた当初からこんなことも言っていました。「今回のロケがおもしろくならなければ、それでもいいよ」と。「放送しなければいいだけのことだから」と。結局「おもしろくないから放送しない」なんてことはなかったんですが、そういう心持ちは常にありました。

放送にはスケジュールがありますから「そんなにおもしろくならなかった」という時でも、スタジオにノリのいい芸人を集めたりして無理やり盛り上げ、なんとか放送にこぎつけます。ちゃんと放送に間に合わせるのが仕事だし、それをやるのがプロだと誰もが思っています。でも僕は、それがプロの仕事だとはどうしても思えないのです。

「無理やりに作ったものを世に送り出す」のは「粗悪品を出している」のと同じことです。どんな業種であっても「納期に間に合わせて作ったもの」は、どこかの工程に無理があり、それが欠陥を生み出し、いつしか業界全体に大きな損失を与えます。それはプロがすべき仕事ではありません。

とはいえプロだって、いつも満足のいく仕事ができるわけではありませんよね。「そんな仕事は世に出さない！」という、陶芸家が皿を割るみたいなのもプロですし、でも一方で「まだ満足できてはいないが、あえて自分の仕事を世に出す（世に問う）」というのもプロができる仕事だと僕は思っています。つまりは、チャレンジングな仕事というか。

どんな仕事にも必ず未知の領域があるはずです。そんな領域に果敢に挑んでいくのは、経験を重ねたプロだからこそできることだし、それこそが仕事のおもしろみであることを知っているのがプロだと思うんです。

「水曜どうでしょう」の新作は、おもしろくはないかもしれないけれど、おもしろみのある仕事にしたいと思っています。とはいえ「きっと今回もおもしろくなるんだろうなぁ」と、プロなりの皮算用はしていますけど。

みなさん、来年も楽しい年になりますように！

（十二月二十一日）

2018年

読書感想文、苦手だったのに

小学生の頃、夏休みや冬休みの宿題に読書感想文がありましたね。今にして思えば四百字詰め原稿用紙に二枚ぐらいの大した分量じゃなかったんですけど（ちなみにこのコラムは原稿用紙三枚以上）、どうにも書けなくて苦手だったんですよね。

だってね、課題図書ってどれを選んだって「面白くなさそうだな」って、子供心に思ってたわけですよ。だいたいその頃は「少年ジャンプ」ぐらいしか熱心に読んでなかったわけですから。指定図書から無理やり一冊選んで読んだところでやっぱり大して面白くないわけで。

いや今読めばね、「ほぉー、なかなか面白いなぁ」って思える本ばかりだったと思うんですよ。でも小学生の頃はそんな読解力も理解力もなく、ただ漫然と字づらを読んでいただけで。そうなると当然感想も何もないわけでね。あらすじだけをつらつらと書いて、最後に付け足しで「……という話で面白かったです」みたいなあからさまなウソを書いて終わってただけなんですよ。「宿題は出した！」という結果だけを残そうと奮闘していたような気がします。

今ならね、たとえ面白くない本を読んでも、原稿用紙二枚ぐらいあっという間に書けると思うんですよ。「主人公があの場面でこう言ったけれども、自分ならこうする」とか「ラストはこんな風に終わって欲しかった」とかね。色々な感想が出てくると思うんです。でもそれは人生経験を重ねたからこそ言えることなんですよね。正義と思われていることも見方を変えれば悪にだってなり得る、世の中そんな単純なものじゃないって、小学生の頃にはわからなかったことが見えてきて、今ならきっと面白い感想文をみんな書けると思うんですよ。

だからね、小学生の読書感想文なんて「面白かった」か「つまらなかった」か「よくわかんなかった」か、そのどれかを書いてもらえばいいと思うんですよ。それを人生経験を積んだ大人が「どこが面白かったのか」「なぜつまんなかったのか」「どこがわかんなかったのか」をちゃんと聞いてあげて、自分なりの意見を言ってあげる。そのやりとりができれば一番タメになるんじゃないかと思いますよ。

で、こんな僕がこのたび、湊かなえさんの小説『物語のおわり』が文庫化されるにあたり、巻末の解説文を書きました。小説の舞台は北海道。登場人物は道内を旅する人々。題材はとても身近だし、自分と重なるエピソードもいくつか出てきて、僕はズンズン読み進めました。

この小説は、誰が書いたのかはわからない未完の小説を不意に手にした人物が、その結末を「私ならこうする」と自分なりに考えて、それをまた旅の途中に出会った人に渡していく、というような構成になっています。つまり『物語のおわり』を、それぞれの登場人物が考えていく、という物語です。

僕は登場人物たちと同じく、自分の人生経験に重ね合わせてこの『物語のおわり』を夢想して、それを解説文に書きました。すると、作者の湊かなえさんから「解説文に感動しました」とメッセージをいただきました。読書感想文が苦手だった僕が書いた解説文。「ぜひ！　読んでみてください！」という宣伝でした。

（一月十一日）

未来の不安より後悔から学ぼう

不安って誰しもあると思うんです。「もしもこんなことになったらどうする」ってね。僕にも不安は多々あるんですけど、口にすることがほとんどないんです。口にする前に頭の中でもみ消すというか、ごまかしてしまうんです。「もういいや、考えるのやめよ、なんとかなるだろう」って、あっさりと放棄してしまうところがある。

これはこれで問題があるんですけど、でもね、不安ばかり口にする人を見ていると「この人は結局どうしたいんだろう？」って思ってしまうんですよ。

「こういう不安があります」と言われれば、僕は「あそう、だったらこうしとけばいいんじゃない？」と答えます。すると「いやでも、そんな簡単にはいかないわけで」と言われ、「とりあえず今こうするしかないわけでしょう」と言えば、「でも、こんなことでうまくいくのかなぁ」と言われ……。

結局「そんなもん、その時になんとかするしかないだろ！」「もっと考えてくださいよ」「おまえはどうしたいのよ！」「わからないから考えてくださいって言ってるんです！」「先のことはわかんねぇよ！」って堂々巡り。

不安を抱えやすい人って多いと思いますが、その人に「だったらこうすれば」って今の対処策を示してもダメなんですね。それよりもまずは「それは大変だ」と不安に寄り添い、「でもキミならきっとできるよ」「協力するから一緒に頑張ろう！」って背中を押してあげるような言葉が必要なんでしょうね。そう言われたら案外素直に「大丈夫です！　なんとかなります」って納得しちゃったりする。結局のところ「その時になんとかするしかない」という結論に変わりはないんですけどね。

そもそも不安って、未来のことに対して「今どうする」「このままでいいんだろうか」と悩むことから始まるじゃないですか。そして「もしかしたら」と考えれば考えるほど心配事が次から次に思い浮かび、やがて思考が停止する。もうどうしたらいいのかわからなくなり「どうしよう……」。これがつまり、不安ということですよね。

僕は不安は頭から消し去るんですけど、「なんであんなことやっちゃったんだろう」

って後悔をグジグジと引きずることはよくあるんです。で、暗い気持ちになったりもする。そうするとね、みんな励ますように言うんですよ。「終わったこと、もう忘れろよ」って。それって僕には逆効果でね。「いやいや、忘れちゃダメだろ！　それじゃあまた同じことの繰り返しだろ！」って反発するんですよ。

僕はね、未来に対して不安を口にするよりも、過去に対して後悔する方が、前に進めるような気がするんです。未来はあやふやだけど過去はすでに確定している。何が良いことで何が悪いことだったのか、ハッキリしている。そこから次に何をすればいいのかを考えれば、あやふやな未来に少しは勝ち目が見えてくる。

人は誰しも思い悩んで暗くなる時があります。でも、未来に対して不安になるぐらいなら、過去を後悔して暗くなっていた方がずっと救いがあると思うんです。

不安ばかりを言う人には「そんなこと考えるな！」としか言えないけど、後悔している人に対してなら、その背中を押して勇気付けるような言葉をかけられる気がします。

（一月二十五日）

完璧じゃないから面白い

二月は私が座長を務めております「藤村源五郎一座」の時代劇公演が東京、高松でありまして、稽古の最終段階に来ています。「いよいよ芝居の総仕上げ！」という時期なんですが、実は今「これでいいんだろうか？」「本当に面白い芝居になっている？」と思い悩んでいます。でもこれって今回に限らず、これまでの芝居でもよくあったことなんですよね。

最初に台本が渡された段階でみんなが「これは全く面白くない」と思えば、もちろん書き直しにもなりますが、たいていの場合「なかなか面白い話だね」と大筋で合意し、「でもよくわからない部分もあるな」「ここは少し手直しが必要だろう」など問題点を残しつつも、「まぁそれは稽古中に改善していこう」ということで稽古に入ります。

稽古に入ればまずは台本に沿ってセリフ覚え。何度も何度も同じ場面を繰り返し、みんな必死に覚えていきます。完璧に頭に入るまで期間の三分の二を要します。そして稽古も終盤に近づき、ようやく頭に少し余裕ができたころにハタと思うのです。「これは本当に面白い芝居になっているんだろうか？」と。それまでみんなセリフを覚えるのに必死で、最初に思っていた問題点を解決しないまま取り残しているんですよね。「あとで考えよう」もしくは「演出家が直してくれるだろう」と。

これって仕事にも当てはまることで。計画書や企画書に大筋で合意していても、必ず問題点はある。でもそれを最初から言ってもしょうがないから「とりあえず進めてみましょう」、問題解決は「おいおいやっていきましょう」と。

部下は「問題が積み残しになってんなぁ」と思いながらも「それは上司が考えているだろう」とそのまま進め、期日も差し迫ったところでハタと思う。「何も解決してないじゃん、ヤバいでしょ」。でも上司は上司で思ってるんです。「お前ら何も解決できてないじゃん。何やってんの？」って。これってどちらのせいでもないんです。しょうがないことなんです。元々、計画自体完璧なものではないんだから。

となれば、これをどうするかです。「時間はないけどやり直そう」なのか「今さら変更は無理だからこのまま進めよう」なのか。難しい判断です。やり直す方がいいに決まっているけど、そんな余力が残っていない場合は「このまま進めよう」という判断も致し方ない。そうなると全員が思うんです。「そもそも計画が完璧じゃなかったからこんなことになるんだ！」ってね。僕は、この思いこそが一番危ないことだと思うんです。

「じゃあみんなが思う完璧な計画って何？」と問えば、結局は「少ない労力で結果と安全が保証された計画」ということに行き着きます。それって他方から見れば「面白みのない計画」なんです。ゴールまで最短距離の直線の道を作る。四角い箱の中に部屋が配置された家を作る。確かに文句はないけど、そんな道を走っても、家に住んでも誰も面白くない。そんな計画に成り下がってしまうんです。

完璧な計画なんてありえないし、思い悩むのは当然。少しずつ修正していくことで、道はグネグネと曲がり、そこに面白みが出る。だったら最後まであがいてやろう。そんな思いで今、本番直前まで稽古を続けています。

（二月一日）

仕事で羽を伸ばしましょう

「羽を伸ばす」という言葉があるんですけど、だいたいは「ひと仕事終えて、羽を伸ばして飲みに行く」とか「仕事が休みの日に温泉あたりでゆっくり羽を伸ばす」みたいな使われ方をしますよね。つまりは「仕事という抑圧された状況から解放されて自分を取り戻す」みたいなことです。ということは、多くの人にとって「仕事」イコール「抑圧された状況」ということになっているわけです。

そこで僕は考えるわけです。「仕事で羽を伸ばすことはできないのだろうか?」と。「仕事」を「抑圧された状況」にしなければ、もはや「年がら年中、常に羽を伸ばしている状況になるのではないか?」。

「いやいや藤村さん、そんなことはできないですよ」と、ほとんどの人は思うでしょうけれども、僕は今、仕事で思いっきり羽を伸ばしているんです。

もちろん会社に入ったばかりの二十代のころは、仕事の内容もわからず学ばなければいけないことが多すぎて、「早く休みにならないかなぁ」と思ってましたよ。それで休日には温泉や釣りやキャンプや、自分の好きなことをして羽を伸ばしていたんですけれども、やがて仕事にも慣れ、自分にできることが分かってきたころ、仕事というのは自分を抑圧する場所ではなく、むしろ自分らしさを出せる場所だと思い始めたんですよね。

それ以来、与えられた仕事はテキトーにこなして、自分で考えたことの方を優先してやるようになった。そうするとね、二十代のころあんなに待ちわびていた休日にも、自分から仕事を入れるようになったんです。もちろん飲みにも行くし、温泉でゆっくりもするわけですけど、それは「羽を伸ばす」のではなく「羽を休める」行為なんです。何も考えずに、ただぼーっとしているような感じです。

仕事で羽を伸ばせないということは、結局いろんなところで自分を抑圧しているわけですよね。抑圧せねば会社の中で生きていけないと考えている。「本当は自分はこうしたいけど、会社的にはＮＧなんですよ」なんて言葉、ビジネスの世界でよく聞きます。勝手なことをやると、いろんなところから「そんなことして大丈夫？」「上は了解しているのか？」なんて言われて、とても面倒なことになる。だったら自分の思ったことを実行に移すよりも「会社的にはＮＧ」という言葉で済ませておいた方がラク、という意識です。言い換えれば、仕事でそこまでの労力は使いたくない、というのが本音なんですよね。

「羽を伸ばす」というのは、とても労力のいる行為です。二十代のころの温泉やキャンプだって、遠くまで車を走らせて、かなりの労力でした。でも自分がやりたいと思ったことをやっているから楽しかったわけです。魚が一匹も釣れなくても、雨が降ってキャンプが早じまいになったとしても「まぁしょうがない」と自分の中で納得がいく。その「羽を伸ばす」という労力を今は仕事に使っているということです。

「羽を伸ばす」という言葉には「勢力を広げる」という意味もあります。だって、羽を伸ばしたら飛べるわけですからね。広い空を悠々と、自分を解放して飛んでいく。そんな風に仕事をする人がたくさんいれば、ビジネスの勢力はもっと広がっていくんでしょうね。

（二月十五日）

結果を超える魅力伝えよう

平昌《ピョンチャン》オリンピック、特にカーリングが面白くて熱心に見ていました。女子チームの「〜かい？」「んーそうだねぇー」という語尾のやさしい北海道弁が話題になりましたが、僕が興味深かったのは「コンシード」というシステムですね。最後まで戦う前に負けを認めてギブアップしてもよいというルールです。

スポーツではだいたい「最後まで諦めるな！」というのが鉄則ですよ。「最後まで全力を尽くせ！」と教えられてもきました。でもカーリングでは途中で潔く負けを認めて、勝者をたたえ、歩み寄り握手を求める。とても素晴らしいことだと思いました。だって、社会生活でこういうことができる人って、かなりな人格者ですよ。

例えばね、各社が競合して企画をプレゼンする中で、ライバル会社の人たちが「御社のプランは素晴らしい。僕らの完敗です。この仕事は御社が請け負うべきだ」なんて握手を求めてきたら、それはとてもカッコいいですよ。誰もがそのライバル会社のことを「いい会社だなぁ」と思うに違いないし、絶対に評判のいい会社ですよ。

スピードスケートの小平《こだいら》選手の金メダルも素晴らしかったですね。努力を積み重ねて最後まで全力を出し切って見事に勝負に勝った。でもね、本当に感動したのはレースの後です。涙ぐむ長年のライバル、韓国のイ・サンファ選手に小平選手が歩み寄り肩を抱き、言葉をかけて、二人でウィニングランをした。日本人も韓国人も感動しましたよね。あの光景には両国にとって、メダルよりもずっと尊い価値があったと思うんです。

新聞には各国のメダル獲得数の表が載っていて、テレビでは「これで日本のメダルは何個になりました」というのが決まり文句。競技団体が「メダルの目標数」を掲げたりもします。確かにメダルが多ければうれしいし誇らしくもある。でもオリンピックは国の戦いの場ではなく、世界中から集まる一流選手が個人で戦う最高の場です。

素晴らしいパフォーマンスに世界中の人が釘付けになり、一緒に楽しむ機会なんです。スポーツにはそんなすごい力があるんですよね。人を魅了する力は、他のどんなエンターテインメントもかなわないと思います。

僕はプロスポーツ選手が近年「結果」という言葉を多用することにずっと違和感を覚えていました。スポーツは結果がすべてではないことはみんな知っているはずです。確かにサッカーならW杯に出場できないと日本のサッカー自体が衰退する危機感もあるだろうし、プロ野球なら成績が悪いと球団の人気も下がり、自分たちの給料だって下がる。「結果が大事」と言ってしまうことは仕方ありません。

でもね、テレビの影響も大きいと思うんです。テレビは「視聴率という結果」ばかりを追い求めてきた揚げ句に、人を魅了する力を失ってきています。「結果」よりも大事で尊いことが人間社会の中にはあるんですよ。視聴率よりも大事なテレビがやるべき使命が本当はあるんです。それを忘れてしまった。

潔く負けを認めて勝者をたたえる姿、敗者をリスペクトして寄り添う姿、そんなところにこそ「結果」を超えるスポーツの魅力があり、社会を良い方向に動かす力があることを、プロのスポーツ選手には絶対に忘れてほしくないと思います。

（三月一日）

しょうがない、と思った先に

小学校の時、野球部に入っていました。別に野球が好きだったわけではなく、友達がみんな入ったから、というのが入部した理由です。

レギュラーはほとんど六年生ですから、五年生まではみんな立場が一緒で、学校指定の体操服で球拾いをしたり、声を出したりしたり。練習はキャッチボールぐらいで、たまに先生にノックしてもらっても、うまく捕球できずに「しっかり取れよー」なんて笑いながら怒られて。

それを見ていた友達からも笑われて、友達が失敗すればここぞとばかりに先生のマネで「しっかり取れよー」なんてからかって。練習が終われば友達と遊びながら帰って。それがとても楽しかったんです。友達とさらに仲良くなれましたしね。

ところが六年生になると、友達のほとんどはレギュラーになり、なれなかった友達も補欠ということで先生の指導の下に本格的な練習に入っていったんです。でも僕は、補欠にも入れなかったんですよね。六年生では二人だけ。もう一人は背が小さくて運動が苦手で、体力をつけるために野球部に入ったような子で。僕は運動神経が悪いわけではなかったし、足だって速い方だったのに。それはもう、ショックでしたね。確かに野球はまったく上達しなかったんですけど。だって、そもそも友達と遊びたいから野球部に入っただけのことでしたから。

それからは、友達は実戦練習、僕は下級生と相変わらず球拾いをして、声を出して。それでも野球部は続けました。だって、ここでやめたら友達にバカにされると思いましたから。

でもね、試合が近づいたある日、先生が「明日は公式のユニホームを着て練習します」って言ったんですよね。みんな「ヤッタ―ッ!」って盛り上がって。その瞬間にドキッとしたんですよ。僕は補欠にも入れなかったからユニホームを着られない。明日も僕は白い体操服で練習に参加しなければならない。それは耐え難いほど恥ずかしいことで、友達に見下されてしまうようで……。僕は次の日、初めて練習を休みました。たぶん「風邪をひいた」とかウソをついたんでしょうね。

小学生には残酷なことでした。それまで一緒に遊んでいた友達とユニホームではっきりと区別されるなんて。でもね、そんなこと世の中に山ほどあるわけでね。会社に入れば出世競争で役職に差がついて、給料まで差がついてしまう。みんな頭では「しょうがない」と思っていても、相当なショックを受けてしまいます。

だけど、そこで少しだけ耐えて、ちゃんと「しょうがない」って思えれば、案外すがすがしい気持ちになるものです。そうなればまだまだ挽回《ばんかい》の余地はある。小学生の僕は結局、一度も試合に出られないまま野球部を終えました。

卒業アルバムをめくると野球部のページがあって、友達はみんな学校の名前が入ったユニホームを誇らしげに着ているんですけどね、僕は体操服で写っているんです。きっと撮影の日も恥ずかしかったんでしょうけど、意外と胸を張って、笑ってるんですよね。それを見ると「あーよかったな」と思うんですよ。「キミの人生にはこれからたくさんいいことがあるし、そしてなにより、いい仲間にたくさん出会えるよ」ってね。

(三月十五日)

災害に立ち向かう女川の使命

東日本大震災の翌年から宮城県女川町で開催されている「女川町復幸祭」に今年も呼ばれてトークショーをしてきました。祭りには「復幸男」というイベントがあります。「かいもーん!」の掛け声を合図に参拝一番乗りを目指して境内を駆け抜ける有名な兵庫県・西宮《にしのみや》神社の「福男選び」。あれをまねしたもので、海岸付近に集まった参加者が「逃げろー!」という掛け声とともに高台を目指して猛ダッシュ。一番乗りは「福男」ならぬ「復幸男」の称号が得られます。ちゃんと本家からもお墨付きを頂いているそうですが、でも「ちょっとふざけていない?」と思われる方もいらっしゃるかもしれません。しかし、これこそが祭りの中で大事な意味を持つイベントなのです。

三月十一日になれば、テレビはこぞって「あの日を忘れない」を合言葉に震災を振り返り、悲しみを共有しようとします。でも女川の人たちは言います。「もう悲しみは忘れたいんだ」「それよりも町の将来を考えないと」。自分たちにとって、もはや震災で忘れてはいけないことはひとつだけ。それは、どんな小さな津波でも一目散に高台に逃げること。それだけを子供たちにずっと言い続けなければいけない。だから『復幸男』は千年続く伝統行事にしたい」と話します。「東北に思いを寄せてくれるのはありがたいが、これからは一緒に悲しむより、むしろ自分たちの備えを考えてほしい。これは皆さんにも起こり得ることなんです」とも。

女川町長とも話をしました。二年前、熊本で大地震があった時、町長は思ったそうです。我々が力になれるのは一年後だと。被災した直後は支援も多い。でも本当に大変なのはその後で、そのときにこそ、自分たちの経験を惜しみなく伝え、力になりたい。女川は悲しみを乗り越え、逆に自分たちが協力できることを考えているんです。

女川の復興はどこよりも進んでいると言われています。駅の二階には温泉施設「ゆぽっぽ」が併設され、駅前には地元の海産物を売る店や飲食店が並ぶショッピングモール「ハマテラス」があり、多くの客でにぎわっていて、働く女川の人たちは笑顔で活気に満ちています。七年前、多くの命を失い「壊滅した」と言われた町が、ここまで立ち直るとは誰も想像できませんでした。女川町はもはや「復興のお手本」ではなく「まちづくりのお手本」として全国の自治体から視察が来るそうです。

でも僕は昨年、そんな町を見て思いました。「女川の人たちは急ぎすぎじゃないのか?」と。そして今年、それでもまだ先を急ごうと奮闘する彼らを見て、「これは女川という町に与えられた使命なのかもしれない」と思ったんです。誰も想像できなかったスピードで復興を進める女川は、いつかきっと、思いもよらなかった問題に直面する危険性があります。そうなれば「ほらやっぱり急ぎすぎたんだよ」と批判めいたことを言う人が出てくるでしょう。

でも、そこで女川はへこたれてはいけない。震災直後のようにたくましく、すぐに立ち上がってまた前へ進まなければいけない。それが女川という町に住む彼らに与えられた使命であり、大げさに言えば、世界中の人々に、どんな災害に見舞われようと、それに立ち向かう人間の強さを示す使命を、彼らは背負ったのだと思ったんです。

（四月五日）

「あなた」に話すラジオの魅力

ラジオNIKKEI第2で毎月一回、最終水曜日の夜十時から「藤村忠寿のひげ千夜一夜」という番組をやっています。一年ほど前、「ラジオをやってみませんか?」と言われて二つ返事で「やります」と答えたら、あっさり番組がスタートしました。

番組を始めた当初、ラジオに詳しい方をゲストに呼んで「テレビとラジオの違い」や「どんなラジオ番組が人気があるのか」を聞いたことがあります。その方によると「ラジオは基本的にひとりで聴くものであるから、話し手もプライベートな話をする方がウケる」と。

「きのうタンスの整理した」とか、そんな話でも構わない。つまり、大勢の前で話をするような感覚ではなく、あくまでも「あなただけに話してますよ」というようなパーソナルな感覚。話の内容は、希望に満ちた景気のいい話よりも愚痴っぽい方がいい。「あのさぁ、この前さぁ」「いやもうまいったよ」で始まるような愚痴。だから、テンションは低くても構わない。そして、昔から変わらず人気があるのが人生相談。「実はウチの主人が最近……」というアレ。聴いているうちに「そういうことあるわぁ」みたいに、いつの間にかリスナーを話の輪の中に巻き込んでいく。「そんな感覚をつかんでいる番組が人気で、なおかつ長寿番組になる傾向がある」と。「へぇー確かにテレビとはちょっと違うなぁ」と思いました。

テレビだってプライベートな話をするトーク番組や個人の悩みを聞くような番組はあります。でもテレビの場合、常に出演者のテンションは高く、見せ方もショーアップされています。「さぁ！続いてのお悩みはこちら！」なんつって勢いよくパネルをバン！と開くと「えーっ！　ウッソー！」といった観客の声がすかさず入り、視聴者よりも先に司会者が「そんなことあるんですか！」とリアクションを入れる。ラジオのように「あなただけに話してますよ」という作り方はなかなかできません。なぜならテレビには「多くの人に見せるもの」という感覚が常にあるからです。

話を聞いているうちに「水曜どうでしょう」はテレビよりもむしろラジオに近いこ

とに気づきました。だって、大泉さんはいつも愚痴っぽいし、鈴井さんはテンションが高いわけではないし、みんな平気でプライベートな話はするし、まさにラジオ的。

では、なぜ僕らがそうなったのかといえば「深夜のローカル番組なんて、どうせあんまり見られてない」という開き直りに近いものがあったからなんですよね。多くの人に見られているわけではない、ましてや日本全国の人を相手にしているわけではない、そういう感覚があったから僕らは、個人をさらけ出していたんです。

タイミングよく驚いてくれる観客もいない、気の利いたリアクションをしてくれる司会者もいない、だったら自分たちで驚き、自分たちでリアクションをする。それが新鮮で、見ていた人たちはひとりで深夜にクスッと笑い、いつしか僕らの旅の輪の中に巻き込まれていった。そして番組は二十年以上も続いている。

「なるほど、地方でモノ作りをしている人間には、ラジオのパーソナル感は良いお手本になる」。そこに気づいた僕は、なるべくこのラジオ番組を長く続けたいと思っています。


（四月十九日）

台本は誤字脱字のオンパレード

札幌の「劇団イナダ組」を主宰するイナダさん。この人は、とにかく言い間違いが多いんです。ある時、稽古中にね、役者のセリフ回しが遅くてイライラしてたんでしょうね。「もっとテンポ上げて！」って、ちょっと怒ってたんですよ。それでもうまくいかなくてついに大声で怒鳴ったんです。「いいかげんにしろよ！」。稽古場がシーンとなって、イナダさんが顔を真っ赤にして言ったんです。「いいからさぁー！　おまえらもっとソピド上げろよ！」って。みんな顔を見合わせてポカーンですよ。「え？　なに？　ソピドって？」「なんか演劇用語ですか？」。いや、頭に血がのぼって「速度」と「スピード」が一緒になっちゃっただけなんですよね。

先日もイナダと飲みながら映画の話をしてたんです。「きのう映画館に行ったら、ちょうどチームナックスの芝居のライブ中継もやってて」と僕が言うと、イナダさんが「あぁペイ・パー・ビューイングね」って。「いやそれホテルで金払ってビデオ観るやつだから。ライブ・ビューイングね」「あ、そうそう、で何観たの?」「『グレイテスト・ショーマン』! 最高に良かったよ。イナダさん観た?」「まだ観てないけど、あれだってね、主演のキュージューマンがいいらしいね」「ん? なに九十万って?」。彼は「ヒュー・ジャックマン」って言いたかったんでしょうね。

「イナダさんは芝居でスポーツものとかやらないの? スポ根とか」「あぁーそうねぇ、スポポンはやったことないねぇ」「いやそれはハダカだから」

「なんか最近女の子とかよく飲んでるよね、デアゴスティーニ」。いやいや、それは模型の部品が毎号付いてきて最後はスポーツカーが完成するみたいなやつだから。彼は「ルイボス・ティー」って言いたかったんでしょうね。

「もうずっと同じ弁当ばっかりだから飽きちゃって、あそこ行ったのよ、フィットネスバーガー」。あのさ、あなたは体を鍛えに行ったんじゃないんでしょう? ハンバーガー食べに行ったんでしょう? それなら「フィットネス」じゃなくて「フレッシュネスバーガー」だから。まぁ、こんな人ですから彼の書く台本は誤字脱字のオンパレードです。「おしたしぶし」って書いてあって、なんかおいしそうなカツオだしみたいな感じですけど「お久しぶり」って書きたかったんですよね。

「サチさん」っていう登場人物がいて、ある時点から「サキさん」って人が出てきて、みんな「誰だこれ？」って慌てるんですけど、同じ人なんですよね。驚いて絶叫する場面で、台本には「ヤキー！」って勢いよく書いてあるけど、これは「キャー！」の単純な誤植ですね。「何これ？」って役者に突っ込まれると、イナダいわく「ノッて書いてるときにそんな細かいことをイチイチ気にしてられないんだって！」と。よくわかります。誤字脱字より、大事なのは作者の「ノリ」ですから。

さて！　そんなイナダがおしたしぶしに書き下ろした新作のお芝居「いつか抗《あらが》いそして途惑《とまど》う」が六月七日から十日まで、札幌市西区のコンカリーニョにて公演されます。今回の台本も誤字脱字のオンパレード。イナダがノッている証拠です。主演は私です。ぜひ劇場にお越しください！


（五月十日）

地元に誇り、球団と共に

先日、広島に行きました。街を歩いていると、やけに赤い服を着ている人が多い。よく見れば広島カープのユニホーム。ちょうど巨人とのデーゲームがあって、広島が勝って、うれしそうに誇らしげにユニホームを着て歩いているんです。

原爆で想像を絶する被害を受けた広島。その数年後に誕生した市民のための球団。「弱小」「お荷物」と揶揄《やゆ》されたカープは、でも、そこに住まう人たちを勇気付け、誇りを持たせ、壊滅した自分たちの街を愛し続ける気持ちを育ませた。すごいことです。広島の人たちと話をすると、そんな源流が今でも市民の中に流れ続けていることを感じます。

「カープは貧乏じゃけぇ、弱いのは当たりまえ」「だから勝つとメチャメチャうれしいんよ」「最近やけに強いけぇ、逆に困惑しとる」「黒田《くろだ》がメジャーから帰ってきてくれた時にはもう涙が出た」「マエケンも戻ってきてくれたらええなぁ」「中田《なかた》は広島出身だからファイターズ応援しとるよ」。さらに女性からはこんな話も聞きました。「ついつい赤い物を買っちゃうんですよね」「赤い物が売れ残ってると、なんか責任を感じちゃうし」。イヤイヤ……ここまでくるともう広島人のカープを愛する気持ちというのは、さすがに他の球団とは一線を画しているように感じます。

僕は愛知県の出身ですから、もちろん中日ファンでした。小学生の頃の話ですが、親父《おやじ》が会社から帰ってくるやいなや「巨人戦の内野指定席を手にいれた！」と興奮気味に言っていたのを覚えています。その試合は、引退を決めたミスタージャイアンツ長嶋茂雄《ながしましげお》にとって最後の中日戦でした。名古屋でミスターの雄姿を見られるのはこれが最後。親父が興奮していたのもうなずけます。でも当時住んでいたのは名古屋まで二時間もかかる田舎町。平日のナイターでしたから学校を早退しなければ球場まで行けません。試合当日「昼には学校から帰ってこいよ」と親父に言われ、僕は給食の準備が始まる中で、恐る恐る「あのぉー先生……」と事情を話しました。

すると先生は「何を言ってんの！」と目を吊り上げて怒りました。「早く言いなさい！　そんな試合は二度と見られないんだから！　すぐ帰りなさい！」と。僕は給食も食べずに走って家に帰りました。

二時間かけて球場に着くと親父は「おまえの席はここだからな」と僕を一人で座らせ、どこかへ行ってしまいました。ギリギリで取った指定席だったから席がバラバラだったんですね。初めてのプロ野球観戦。目がくらむようなナイター照明。周りは大声を張り上げる興奮気味の大人たち。もう怖くて怖くて「早く試合が終わってほしい」と、それればかり念じてましたから長嶋の雄姿なんて残念ながら僕の記憶には一切ありません。

そんな僕も、いつしか故郷よりも北海道に住んでいる年月の方が長くなり、ドラゴンズよりも断然ファイターズの成績の方が気になるようになりました。

ファイターズの本拠地球場が、広島と縁のある北広島市に建設されることになりました。いつの日か、その球場でファイターズとカープの日本シリーズが開催されたらいいですね。その時までに、僕らもカープファンに負けないようなファイターズファンになれればと思います。

（五月十七日）

心の奥に、一流選手の思考を

「もしも生まれ変わったら何になりたいですか？」なんて質問、よくありますよね。そう質問されるたびに「ありえないことを考えるのに何の意味があるんだろう？」という考えが先に立って「いや、生まれ変わっても自分でいいです」なんて答えていたんですけど、つい最近その質問を受けた時にふと思ったんですよね。「そうだ……生まれ変わったら一流のスポーツ選手になってみたい！」と。

野球で言えば大谷翔平《おおたにしょうへい》、サッカーならクリスチアーノ・ロナウド、あとは世界最速のウサイン・ボルトとか、誰も文句のつけようがない天性のアスリート。メジャーリーグ一年目から強打者で豪腕、マー君だってイチローだってできなかったことです。ゴール前で確実にシュートを決める驚異的なセンス。グングンとスピードに乗っていくジェット機のような大きな身体。彼らには、僕らが感じたことのない異次元の体感があると思うんです。物心ついた時から「あれ？　速いなぁ自分」「あれ？　うまいなぁ自分」みたいな体感ね。「練習しなくてもできちゃうな」っていう感じ。

スポーツ選手って「努力を積み重ねて」とか「誰よりも練習して」とか、そんな「必死に頑張ってます」感のある言葉を発しますし、そういう言葉が一般的には好まれますよね。

なぜなら僕らに「自分も努力すればできるんだ」という希望を与えてくれるし、逆に僕らが「そんなに努力したんだね」って褒めてあげることもできるわけですから。でも天賦の才を持ったアスリートは、もっと先の次元を見ていると思うんです。

もちろん彼らだって必死に練習しているし努力も惜しまないだろうけど、彼らはきっと「レギュラーを取らないと」「結果を出さないと」「監督が急に代わっても代表に選ばれないと」みたいな自分本位の次元ではなくて、「他の選手とは違うプレーができないか？」「見ている人たちをもっと楽しませることはできないか？」「プロのスポーツ選手としてできることは何だろうか？」という広い視点で考えて、自分ができることを突き詰めていると思うんです。

そういう考え方って「一流のアスリートではない僕らにも必要なことじゃないか?」って思うんです。「出世レースに勝ちたい」「今月の売り上げ目標を達成したい」「むちゃくちゃな指示を出す上司でも、それに応えないとクビになる」みたいな次元ではなくて、「これまでとは違う販売方法はできないか?」「上司ではなく、顧客が一番求めていることは何だろうか?」「この仕事に就いている自分の社会的役割って何だろうか?」と考えて、真摯《しんし》に自分の仕事を突き詰めてみる。

もちろん実際には、明日からも売り上げ目標に四苦八苦するし、上司の無理難題にもとりあえず応えていかないと日々の仕事は進まないんですけど、でもね、心の奥底に一流のアスリートたちの広い思考を持っていれば、きっと道を誤ることはない気がするんですよね。

大谷翔平は、アメリカに行っても礼儀正しく、自分のスタイルを崩さずに、投打の二刀流を突き詰めています。その姿勢にアメリカの人々も感心しています。驚異的な身体能力を持たない僕らだって、考え方ひとつでそこに近づくことって、できると思うんです。

（六月七日）

「サイコロの旅」のように

小学生の時、野球に興味があったわけでもないのに「友達がみんな入ったから」という理由で野球部に入り、六年生になってもうまくならず、補欠にもなれないままミジメな野球部生活を終えた、という話を以前このコラムに書きました。今回はその後の話です。

中学生になり、僕はラグビー部に入りました。中学にラグビー部があるなんて珍しいことです。マイナーなスポーツですからみんな初心者だし入部する人数も少ない。その上、ラグビーはプレーヤーが十五人で野球やサッカーよりも多い。つまり上級生になれば、ほとんどの部員がレギュラーになれるわけです。小学校の苦い経験があった僕は迷わずラグビー部に入りました。そして見事にレギュラーになり、三年生の時には県大会で準優勝しました。「すごいな」と思われるかもしれませんが、県内に中学のラグビー部なんて数校しかありませんから、二回勝てば決勝進出みたいなもんです。たいしたことはありません。

高校に進むと、ラグビー部の人たちから熱心な勧誘を受けました。「中学でラグビーやってたんだって？　ぜひ入部してくれ」と。野球部で補欠にもなれなかった僕を熱心に誘ってくれるわけです。うれしいことです。請われるがままにラグビー部に入部しました。レギュラーになりましたが、中学と高校ではレベルが違い、県大会どころか地区大会の二回戦に進むのがせいぜいで、僕の高校ラグビーは終わりました。

大学は故郷の愛知県を離れ、北大に進みました。ラグビー部に入ろうなんて全く思っていませんでした。だってラグビーの練習ってキツいですから。それに正直なところラグビーをやっている時よりも、テレビや映画を見ている時の方がずっと楽しかったので、映画研究会みたいなものに入ろうと思っていたんです。ところが運が悪いことに、僕がいた名古屋の高校のラグビー部から、遠く離れた北大に進学する先輩たちが何人もいて、その人たちがみんな北大ラグビー部に入部していたんです。そこに僕が来たもんですから「おー来たか！　よしよし」ってな具合で当然のように入部させられました。ラグビーが好きだったわけでもないのにとりあえず四年間続けて、北海道の大学選手権大会で優勝しましたが、全国大会では全く歯が立たないまま、僕の大学ラグビーは終わりました。

ラグビーは終わりましたが、必要な授業の単位が取れずに留年してしまい、五年目の大学生活を送ることになりました。するとラグビー部の先輩が「ヒマだったらウチの会社でバイトしない？」と誘ってくれたので「あーやります」と、軽い気持ちでバイトを始めた会社がＨＴＢ北海道テレビ。とりあえず真面目に働いて、入社試験を受けて社員になって今に至ります。

思い返してみると僕は、その時々の状況に流されるがままに人生を送ってきたように思います。「自分の進むべき道を決める」なんていう強い意思があったわけではなく「人に誘われたらそこに行く」「レギュラーが取れそうな場所に行く」というだけのことです。行き着いた場所でなんとかやっていく。それはまるで選択肢が限られた「サイコロの旅」のようです。そこに身を任せた人生は悩むヒマもなくて、逆に良かったように思います。

（六月二十一日）

宿根草、庭にあふれる

二十代後半からずっとガーデニングを趣味としてきました。マンション住まいのころは、部屋の中に観葉植物を飾り、ベランダや玄関先に鉢植えの草花をずらりと並べ、週末となれば園芸店通い。三十代になって念願の庭付き一戸建てを手に入れてからは、花壇を作り、れんがを並べた小道を作り、ウッドデッキも自作して楽しんでいました。

好んで植えていたのは、宿根草や多年草と呼ばれるもので、一度植えてしまえば翌年以降から勝手に花を咲かせてくれるような植物です。毎年タネをまかなければいけない一年草と違って、手間がかからず育ってくれる。冬になれば、地上に出ている茎や葉は枯れてしまうけれど、根っこの部分は地中で厳しい寒さに耐えて、翌年にはまた元気に芽を出してくれる。力強くて、しっかり自立しているような、そんな草花が好きでした。ミントなどのハーブ類もたくさん植えました。料理にも使えるし、葉っぱに触れると爽やかな香りがするんですよね。

ガーデニングを熱心にやっていたころは、ちょうど子育ての時期と重なっていました。二十代後半に長女が生まれ、次女が生まれ、そして長男が生まれました。最初は手間がかかっていたけれど、やがて自立心が芽生えて、勝手にすくすくと成長していく姿を頼もしく見ていました。それは庭に植えてある宿根草たちの力強さにも重なりました。

ところが、です。この力強い宿根草たちは、年を追うごとに株を大きくしていくんですね。地中の養分を貪欲《どんよく》に吸い取ってどんどん大きくなっていく。根っこは新たな養分を求めて四方八方に伸びていき「えっ？　こんなところに？」という場所から新芽を出してその勢力を拡大していく。最終的には「もう勘弁してくれ！」というぐらいまで庭を覆いつくされて、あんなに広いと思っていた自慢の庭がもう宿根草でギュウギュウ。それは子供たちも同じで、いつしか食欲は旺盛となり冷蔵庫の中の物を食い尽くし、体もどんどん大きくなって部屋が手狭になり、二階部分を増築する始末。

でも、子供たちは高校を卒業するとそれぞれ本州の大学に進み、家の中は今、夫婦二人の生活に戻ってガランとしています。しかしながら庭の方はといえば、宿根草たちがもはや暴徒化して、庭というより野性味あふれる原始の姿になりつつあります。「これではいけない」と思うものの、子育て後は仕事が格段に忙しくなり、庭の手入れはほとんどできない状態。もう面倒を見きれていないのです。

子供たちがいなくなってから、奥さんは家の中を少しずつ整理して、いらないものを処分し始めました。僕らの人生はこれからゆるやかに「終活」に向かっていくわけで、余計なものを後に残さないように、整理し始める年代になったのだと思います。面倒を見られなくなった庭はいま一度、更地に戻し、これからは宿根草や多年草ではなく、春になったらタネをまき、夏に花を楽しみ、冬になれば全て枯れる、そんな一年草を庭に植えて、一年ごとに楽しむ方がいいのかもしれません。それとも、いっそのこと宿根草たちにこの家を明け渡して、全てを野生に戻してしまうか。「いやいや！　それはできん！　なんとかするぞ！」と、荒れ放題の庭を見るたびに思う今日この頃です。

（七月五日）

自分たちの実力を知る重要性

サッカーのW杯はフランスの優勝で幕を閉じました。三位となったのはベルギー。日本はこの強豪国をギリギリまで追い詰めました。いやぁ～惜しかったですよねぇ。試合後、西野《にしの》監督が言った言葉が印象的でした。「何が足りないんでしょうね」

初戦は開始早々コロンビアが退場者を出して日本はPKを得て一点先行。いきなり幸運の女神が日本にほほ笑みました。でもひとり少ないコロンビアに一点返されて、日本は浮足立っていました。ここで西野監督は選手に方針をハッキリと示します。「攻めて勝つ」。この判断が、今回の日本代表の躍進につながったと思うんですよね。

そもそもコロンビアは日本より格上の強豪国。戦う前は「引き分けに持ち込めれば十分」という考えがあったでしょう。実際、ハーフタイムでも「このまま同点で終わっていい」という意見もあったそうですが、西野監督は「攻めて勝つ」という方針で選手の意思を統一しました。人数が少ないコロンビアにならば、十分に勝てる実力が日本にはあると踏んだわけです。実力を見極めての判断。結果、日本は勝利をおさめました。

一方、ポーランド戦では「攻めずにこのまま一点差で負ける」という選択をしました。実力を考えれば、一点返すよりも、ポーランドに一点追加される危険性の方が高いと判断したわけです。選手たちには戸惑いもあったでしょう。そこで休ませていたキャプテンの長谷部《はせべ》選手をわざわざフィールドに送り込んで、その方針を徹底させました。結果、日本は決勝トーナメント進出を果たし、ベルギーと対戦することになります。

優勝候補とまで言われていたベルギーに対し、日本は堂々の戦いぶりで二点を先取しましたが、逆転負けを喫してしまいました。試合後、西野監督は悔しさをにじませて「何が足りないんでしょうね」と自問し、その後「すべてだと思います。わずかではありますが」と答えました。選手たちのインタビューから、負けた悔しさよりも、どこかすがすがしさを感じたのは、今の日本が持てる力を出し切り、自分たちの実力が発揮できたからだと思います。

前回のW杯では本田《ほんだ》選手が「目標は優勝」と言っていたのにグループリーグすら突破できず、選手は悔しさと惨めさにまみれていました。本田選手が目標を高く掲げたのは「そのぐらいの気持ちで日々サッカーに向き合う」という「志《こころざし》」に近い意味であったと僕は理解しています。でも、このトンデモナイ目標がひとり歩きして、いつしか自分たちの実力を勝手に高く見積もって、やみくもに攻撃的なサッカーを目指してしまったのではないでしょうか。

仕事をする上でも、高い目標設定は、逆に自分たちの実力を見失う可能性がありま す。一方「この程度までやっておけばいい」という引き分け狙いのような仕事ばかりやっていると、いつまでも実力は上がらず、お客さんからの信頼も失います。なにより仕事は、自分たちの実力を知ることが大事で、その中でできることを、上司が冷静に判断する。そして上司は、その判断のすべての責任を負う。そんな組織であれば、社員は実力を発揮できるんです。で、実力さえ発揮できれば、実は他人が思っているよりも上の結果が出るもんなんですよね。

（七月十九日）

お客さんとつながるのがイベント

今年で五回目となる「どうでしょうキャラバン」というイベントを本州でやってきました。「水曜どうでしょう」のグッズ販売を中心に、ライブや地元の飲食店の出店もある、ちょっとしたフェスのようなイベントです。トラックとバスを連ね、兵庫県をスタートして岩手県まで十二会場を二十日間ほどかけて回りました。数千人が集まる大規模な会場もあれば、数百人規模の会場もあります。毎年開催地は変わりますが、五年連続で開催している場所が一つだけあります。山形県の山奥にある肘折《ひじおり》温泉。交通の便が悪いので集客は数百人ですが、ここだけはどうしても外せません。なぜなら参加したお客さんの満足度がとても高いからです。

イベント自体は昼間に開催されますが、山奥の温泉地なのでそのまま宿泊するお客さんも多いということで、地元の青年団が発案した「夜会」と称する自由参加のイベントがあります。夜の七時から九時まで、温泉街の道を封鎖して長イスを並べ、青年団がビールサーバーを持ち込んで、お客さんも巻き込んだ大規模な飲み会を開きます。アーティストの皆さんは楽器を持ち寄って、即興の路上ライブを展開し、最後はみんなで杯を掲げての大合唱。途中で雨が降り出し、ずぶぬれになりながらみんなで歌った年もありました。

お客さんが楽しいのはもちろん、参加するアーティストも、普段のライブとは違う楽しさがあって、この「夜会」のためだけに曲を用意して、みんなで練習するほどの熱の入れようです。この小さな温泉街で開かれる一夜限りの「夜会」に参加した人たちは「ありがとうございました」「来年も絶対にここに来ます！」「肘折温泉が大好きになりました！」と口々に言います。僕らが五年間やってきた「どうでしょうキャラバン」というイベントの意義が、この肘折温泉に集約されているのです。

イベントって、そもそも何を目的に開くものなのでしょう？　音楽を聴いてもらうのならCDを買ってもらえばいいし、商品を売るのならネット通販で事足りる。でも、アーティストはライブやコンサートを開き、商品を売るために店頭で販促イベントをやったり、デパートで催事をやったり、人に集まってもらう努力をします。なぜ人を集めたいのでしょうか？　そこにお客さんとの直接のコミュニケーションが生まれるからです。コミュニケーションがうまくいけば、お客さんとの強いつながりができるからです。古来ある祭りというイベントも、地域住民のつながりを強固にするのが目的です。イベントとはつまり、コミュニケーションを生むために行われるものなのです。

でも、どうでしょう？　集客人数ばかりを気にして有名人を呼び、ステージ上だけが勝手に盛り上がっているショーのようなイベントが多くないでしょうか。スタッフはお客さんをさばき、スケジュール通りに進行することが仕事だと思っていないでしょうか。そんなイベントにコミュニケーションが生まれるでしょうか。そもそも人数が増えれば、相互にコミュニケーションをとることは難しくなります。つまり、集客人数が多いほどイベント本来の意義が失われていくということです。お客さんとスタッフが一緒になって楽しみ、作り上げていくのがイベント本来の姿なんです。

（八月二日）

組織の「常識」、壊す人間必要

ＨＴＢ開局五十周年企画として連続ドラマが制作されます。原作は『動物のお医者さん』や『おたんこナース』などで有名な佐々木倫子《ささきのりこ》さんの『チャンネルはそのまま！』というマンガ。これはそもそも、佐々木さんがＨＴＢを取材して、社員から聞き取った体験談を元にローカルテレビ局のリアルな日常を描いたもの。マンガに登場するテレビ局も南平岸《みなみひらぎし》にあるＨＴＢ局舎とそっくり。僕も佐々木さんから取材を受けて、マンガには僕とそっくりのヒゲ面で小太りの、甘いものが大好きな小倉《おぐら》部長というキャラクターが登場しています。

華やかな東京のテレビ局とは違って、予算も人員も少ない札幌の地味なローカル局に入社した雪丸花子《ゆきまるはなこ》という新入社員が主人公。彼女はいわゆる「天然」で、空気を読めないダメ社員。そんな彼女に振り回されるテレビ局員たちの日常を描いたコメディータッチのお話ですが、ここにはテレビ局だけではなく、どんな会社にも当てはまる大事な組織論が根底にあります。

雪丸は、報道部に配属されて記者になりますが、まともなニュース原稿が書けない、誤字脱字も多い。先輩記者は怒鳴り散らしながらもそれを必死に直します。取材に行っても失敗ばかりで、カメラマンはそれをカバーしようと奮闘する。雪丸が来たことによって、平穏だった日常の仕事がかき乱され、周囲はどんどんそれに巻き込まれていく。でも雪丸は決して憎まれないんです。なぜなら雪丸には、直情的でまっすぐな、自分の興味が赴くままに突き進む、うらやましいほどの行動力と、常識にとらわれて身動きできない社員たちを尻目に、悠々と進んでいくすがすがしいほどの力強さがあるからです。

雪丸はいわば、誰も足を踏み入れない雪山をガシガシと進むラッセル車のような存在です。だからいつも彼女は壁にぶち当たる。それを周囲のみんなが必死になって助けて壁を乗り越えた時、そこには誰も今まで見たことのなかった風景が広がり、今まで気づかなかったことに気づかされる。でも雪丸本人は、そんな風景に気づくことも、立ち止まることもないんです。彼女自身はいつまでも変わらないけれど、周りの人間たちが少しずつ変わり、少しずつ視界が広がっていく。そんな物語です。

組織には、いろんなタイプの人間が所属しています。そんなバラバラな人間たちをひとつにまとめ上げようとするのが組織の作用です。まとめ上げるには、みんなをひとつの方向に向かわせることが必要です。それは例えば「顧客第一」という社是であったり、売り上げ目標であったり。でも目標を追うことに必死になりすぎると、社会的視野が狭くなっていき、いわゆる「会社論理」の中で仕事を推し進めてしまう危険性があります。「この仕事はそういうものだから」という常識を勝手に作り上げていく危険性。

雪丸花子という主人公は「テレビの仕事とは何か?」を考えているのではなく、もっとシンプルに「テレビとは何か?」という本能的な思考を持ち続けているのだと思います。視野が狭くなりがちな組織には、こういう人間がきっと必要なのです。

HTB開局五十周年ドラマ「チャンネルはそのまま!」は、いよいよ来月から撮影開始! 僕も監督として、そして出演者として参加します。


（八月十六日）

心身とも「空っぽ」に＝「休暇」

七月初旬から三週間ほど「どうでしょうキャラバン」で全国を巡り、八月一日から一週間ほど「水曜どうでしょう」の新作のロケに出かけ、その後はＨＴＢ開局五十周年ドラマ「チャンネルはそのまま！」の撮影準備に突入して、気がつけばもう九月。今年の夏もあっという間に終わっちゃいました。でも別に恨めしい気持ちはないんです。そもそも僕は夏休みにあまりいい思い出がない。

中学から大学まで十年間、ずっとラグビー部に所属していて、夏休みといえば夏合宿の苦しい思い出ばかりがよみがえるんです。せっかくの休みなのに普段よりもキツイ練習をやらされて、ほんとイヤだったなぁー。

名古屋の高校のラグビー部時代は、隣の三重県に遠征して強豪校との夏合宿。海のそばだったから早朝に砂浜を走らされるんですけど、これがもうキツくて。確かに足腰は鍛えられたかもしれませんけど、すっかり海が嫌いになりましたよ。「おーい！早く来いよォー！」「待ってェー！」なんつってキャッキャ言いながら浜辺を走るカップルとか見たら言いたくなりますもん。「おまえらそのまま五キロ走ってみろよ」と。午後は強豪校との練習試合。毎度ボロボロにやられて。

そんな苦しい合宿でしたから、三重に向かう電車の中なんて全員が無口でどんよりしてました。でもね、合宿を終えて名古屋に帰る電車の中は、地獄から生還した喜びで満ちあふれたようにみんなはしゃいでましたね。苦しいことがあったからこそ心から笑えたんでしょう。ラグビーがそんなに好きだったわけじゃないけど十年も続けたのは、きっとそんな経験があったからだと思います。

「水曜どうでしょう」もロケは大変で、出発する前はいつも気が重いんです。でも旅を終えた時には必ず充足感がありました。先月の新作ロケもまさにそう。終わってみれば「とても楽しかった」という思いが全員に満ちていました。だから二十年以上もやっているんでしょう。

夏休みとか長い休暇のことを英語で「ｖａｃａｔｉｏｎ（バケーション）」って言い

ますよね。「ｖａｃ」ってラテン語で「空っぽ」を意味するんだそうです。つまりは、日常の制約から放たれて心身ともに「空っぽ」になるのが「休暇」ということなんでしょう。体や頭を休める「休息」とは別に、旅行に出かけたり、何かに没頭したりして「空っぽ」になる日々＝「休暇」が人間には必要だと昔から考えられていたわけですね。その意味で考えると、僕にとってはキャラバンも新作のロケも、そしてラグビー部の合宿も、体力的にはキツイけれど、決まり切った日常から離れて心身ともに「空っぽ」になる、本来の「休暇」に近い時間であったと言えるかもしれません。だからきっと今年の夏もあまり休みは取れなかったけれど、恨めしい気持ちにはならないんでしょう。

最近はどこの会社も社員の休日を消化させることに躍起になっていますよね。でもそれは「休まないと体を壊す」という「休息」の概念でしか休日を考えていないのではないでしょうか。「休息」と「休暇」は意味が全く違うのです。そしてむしろ「休暇」の方が、人間にとっては大事なことなのです。社員の休日を「労働時間の短縮」という概念でしか捉えていないのであれば、それはとても不幸なことなんです。

（九月六日）

ゆとりが日常を取り戻す

　あの日は、ドラマの台本の手直しをしていました。午前三時を少し回った時、突然全ての電気が消え、次の瞬間にガタガタと音を立てて家全体が揺れだしました。幸い被害は何もありませんでしたが、テレビ画面は真っ暗なまま、手元にあったスマホを開いてもなかなかつながりません。外に出て車に乗り、カーラジオをつけます。「北海道で強い地震がありました。各地の震度は……」。男性アナウンサーの声が聞こえてきました。情報を得られたことで一息つきました。三人の子供たちがみんな本州にいるので、まずは子供たちの安全を知ってほっとしたのです。車を降りると周囲は真っ暗。空を見上げると雲がかかっていました。「晴れてたら、きっとすごい星空だろうな」と思いながら家に戻り、ろうそくを灯《とも》して、静寂の中にいました。

夜が明けても停電が続いていたので、朝っぱらから冷凍庫にあったアイスを食べました。早くしないと溶けちゃうから。「よし、こうなったら在庫一掃だ」とばかりに、同じく冷凍庫にあった食材でご飯を作りました。おなかが満たされたところで車に乗り、再びカーラジオをつけます。

ここで初めて北海道全域が停電していることを知りました。車で札幌の中心部に向かいました。天気も良く、暖かな日で、多くの人が外に出ています。信号機は消えていましたが、混乱している様子はなく、ほとんどの車が道を譲り合っていました。大きな交差点には警察官が立ち、手信号で車の行列を見事にさばいていました。大通公園には、たくさんの人がいて、子供たちが遊具で遊んでいました。営業しているコンビニには人だかりができています。

入り口の前にある車から黄色いコードが店内に伸びていて、どうやらそこから電力を供給しているようです。レジでは「すいません、お待たせして」と、店員がお客さんに声をかけていました。結局、その日も停電は続き、夜を迎えました。外に出てみると、札幌の空に、満天の星が広がっていました。

七年前、東北を襲った大震災の映像がテレビから流れていたあの日、上空のヘリコプターから撮影された、ある光景を僕は忘れられません。それは、孤立した避難所の学校の校庭で、元気よく遊んでいた子供たちの姿です。それは、あの惨状の中で異様な光景でした。でも彼らは、一瞬にして壊されてしまった日常を、一番最初に取り戻そうと奮闘していたのではなかったか？　そう思いました。

北海道では、電力供給が安定しない日々が続いています。女性の低い声で節電のお願いをされるCMには少し気が滅入《めい》ってしまいますが、いやいや！　できることはやりましょう。電力消費量が多いのは、平日の朝から夕方まで。つまりそれ以外の時間帯と土日祝日は、これまで通り使っても大丈夫。要は、電力を使う時間を分散できればいいということです。

なにより大事なのは、道民が「節電疲れをしない」こと。がんばりすぎたら継続できないですから。電力消費のピークは夕方だそうです。一番慌ただしい時間帯ですが、少しの間だけ、部屋の電気を消して外へ出て、夕空を眺めてみませんか。それだけでも立派な節電になります。僕らは子供たちのように遊ぶことはできないけれど、そんなゆとりがきっと日常を取り戻すのです。

（九月二十日）

ローカルテレビ局の存在意義は

あの地震から間もなく一カ月になります。九月六日午前三時過ぎ、我が家のテレビが突然消えました。夜が明け、会社から届いたメールによると「報道部員を中心に続々と出社して地震関連のニュース特番を流している」とのこと。残念ながら自分は見ることはできないけれど、「こういう時こそローカル情報を発信し続けてほしい」。そう思いました。

しかしその後、道外の人からのメールで「北海道全域が停電している」ことを知りました。それはつまり「自分だけではなく、ほとんどの道民がテレビを見られない状況である」ということです。愕然《がくぜん》としました（もちろんスマホのワンセグや車載テレビで見ていた人もいますが）。ＨＴＢのみならず道内各局が、ほとんどの道民が見ていないニュースを必死に流していたのです。その代わりその映像は全国に配信されていました。

それを見た道外の人から「土砂崩れ大丈夫でしたか!」「札幌は道路が陥没して家が傾いているんですよね? 無事ですか?」というメールが続々と届きました。被害を受けていない自分には何のことかわかりません。その後、ネットに流れていた映像でようやく厚真町《あつまちょう》と札幌市内の被害を知りました。

テレビが消えた直後、まず手に取ったのはスマホでした。でも、ネットがなかなかつながらない。外に出て車に乗り、カーラジオをつけました。最初に地震の情報を得たのはラジオでした。その後ネットでもいろんな情報を得ることはできましたが、中には「これから札幌全域が断水する」というようなデマも目にしました。でもラジオは冷静に、給水所や充電できる場所、営業しているコンビニ店などの情報を繰り返し流していました。普段はほとんど聞かないラジオですが、この時ばかりは聞こえてくるアナウンサーの声に強い信頼感を抱きました。

全道が「ブラックアウト」という未体験の状況の中で、ローカルテレビ局の存在意義を考えていました。今回、地元ラジオ局は、地震の被害状況よりも、まず今、その地域に必要な情報を細かく伝えることに多くの時間を割いていました。

ラジオは「地元に必要な情報を地元に流す」という「内向きな情報発信」に最大の力を発揮していたのです。一方ローカルテレビは、地元住民が見られない代わりに、全国に北海道の被害状況を伝え続けました。それによって全国の人々が北海道で起きた出来事を共有できました。しかしテレビが流した映像によって、その後北海道の観光が大きなダメージを受けました。

地震の映像を全国に発信するとき「なるべくインパクトのある映像」を東京キー局は求め、道内各局もそれに応えようとしてしまいがちです。山の斜面が数カ所にわたって崩れている空撮の映像、傾いた家の前でリポートする報道記者の中継映像……。でもそれが果たして、北海道全体の状況を正しく伝えていたと言えるのでしょうか。ただ「北海道が大変だ！」とあおっただけの情報になってはいなかったでしょうか。

映像メディアであるテレビは、そもそも「外へ向けて発信する力の方が強い」ということを、ローカルテレビマンが自覚していれば、もっと違うアプローチで地震の情報を全国に伝えることもできたのではないかと思うのです。

（十月四日）

変化恐れず、残すものの見極めも

故郷の愛知県には、築百年になる実家があります。昔は農業をやっていて、農耕馬が飼われていたそうですが、僕が生まれたころには馬小屋はクルマの車庫になっていました。農作物を保存する蔵もありましたが、使われることはなく、薄暗い物置になっていました。

お風呂は薪で焚《た》いていました。近くの製材所までリヤカーを引いて、薪となる端材をもらってくるのが日課でしたが、やがてガスになりました。家の裏手には柿の木が数十本あって、その周囲にはお茶の木が生け垣のように植えられていました。初夏になれば、お茶の新芽を摘んで、煎茶にしてもらいました。秋になると柿がたわわに実って、それを長い竹の棒で取るのも楽しみでした。小学一年生のときに、祖父が桜の苗木をもらってきたので、僕はそれを蔵の横に植えました。その後、名古屋に引っ越して実家は空き家になりましたが、夏休みには、友達を引き連れて、泊まりがけで遊びにいったものです。

あれから四十数年。周囲は過疎化が進み寂しくなりましたが、実家は両親が手入れをしているので、今でも当時のままに残っています。でも、お茶の木はほとんど枯れ、柿の木も老木となって、昔ほど実がならなくなってしまいました。ただ、僕が植えた蔵桜の苗木は、その後もどんどん成長を続け、力強く枝を伸ばし、やがて横にあった蔵の壁を突き破り、屋根の高さを超える大木となりました。蔵は全壊し、実家の風景は一変しましたが、春になると樹齢四十数年の桜の大木が見事な花を咲かせて、今では近隣の人たちの格好の花見会場になっているそうです。

時代とともに生活様式が変わり、風景も変わっていきます。人は時に「昔の方が良かった」と思いがちですが、そういうノスタルジックな感傷は、人を膠着《こうちゃく》状態に陥れてしまいます。若い人たちが、新しいことを始めようとする時、年老いた人たちが反対するのは、そういった感傷があるからです。でも「変化」を受け入れなければ、その先にある「進化」は望めません。

一方で人は、古いものを一気に新しく変えてしまうことには不思議と躊躇《ちゅうちょ》がありません。そこには「目新しさ」があるからです。でもそれは「変化」というより、どちらかと言えば「破壊」です。古くから蓄積されたものを継いでいかなければ、同様に「進化」は望めません。

人には「変わりたい」という欲求と「変わらないでほしい」という願いが同居しています。その両方のバランスを取ることが「変化」を「進化」につなげていきます。大事なのは、変化を恐れないことと、残すべきものは何かを見極めること。それだけです。僕はこう思うんです。「変化」は、人が起こすものではなく、時代が作るものだと。

先月、HTBは南平岸から中心部の創世スクエアへと移転しました。でも僕は、高層ビルとなった新社屋に移ることなく、ゴーストタウンのようになってしまった旧社屋に残り、開局五十周年ドラマ「チャンネルはそのまま！」の撮影をしています。それは、HTBが五十年の間に蓄積したものを、丁寧にすくい取っていく作業のようにも思えます。南平岸にある旧社屋が今後、どうなっていくのかはわかりません。でも、全てを壊すのではなく、何かを残していくことが必要だと強く感じています。

（十月十八日）

脱「ローカル局制作」めざす

「ローカル局であっても、本格的なドラマ作りにチャレンジしたい」。そんな思いからHTBがドラマ制作を始めたのはおよそ二十年前。もちろん最初は、東京から来てもらった多くのスタッフの力を借りて制作されていました。そこから少しずつ技術を学び、経験を積み、ようやく自分たちが中心となってドラマを制作できるようになっていきました。やがてHTBのドラマは、東京キー局制作のドラマと肩を並べて国内外のドラマ賞を受賞するまでに力をつけました。

そして迎えた今年の開局五十周年記念ドラマ。これまで培ってきたドラマ制作技術の集大成です。当然のことながら、自社スタッフの力を結集し、純粋なHTB制作のドラマにしようという機運が社内にはありました。でも、僕の考えはまるで逆でした。

むしろ「東京の一線で活躍しているスタッフに数多く参加してもらい、力を借りたい」。そう考えていました。

二十年前、ＨＴＢは東京のスタッフに教えを請う立場でした。そこから十年をかけてなんとか自分たちの力でドラマを作れる技術を身につけ、さらに十年をかけてその技術を熟成させてきました。もはや「北海道のローカル局であっても本格的なドラマを作る」という、当初の目標は達成されたと僕は思ったんです。ＨＴＢのドラマは次なるステップへと進むべきだと。

次のステップは、純粋に「面白いドラマを作る」というシンプルな目標に立ち返ること。もちろん今までも「面白いドラマを作ろう」とやってきました。でも実際は「ドラマ作りのためにスタッフを育てる」という目標の方が大きかった。でも次に進むには、もはや「ローカル局の自社制作」というこだわりを捨てることが大事だと思ったんです。そう考えれば、僕らにはもっと学ぶべきことがある。まだまだ東京のスタッフの力を借りる必要がある。だからこそ僕らは今、あらためてドラマ制作の第一線で活躍する東京の人たちに「力を貸してください」と言うべきだと思ったんです。

そこで僕らは「踊る大捜査線」で実写邦画興行収入ナンバー1の記録を打ち立てた

本広克行監督にドラマの総監督を依頼し、彼が信頼するスタッフ、彼が今持っている最新の映像技術を、このドラマに投入してほしいとお願いしました。本広監督は「ぜひ一緒にやりましょう！」と快諾してくれました。

ＨＴＢ開局五十周年ドラマ「チャンネルはそのまま！」は、スタッフも出演者も東京と北海道の混成チーム。チームの目標はただ一つ「最高に面白いドラマを作ること」。その思いには、東京も北海道も関係ありません。そのシンプルな目標に向かって全ての人たちが没頭してきました。撮影も終盤を迎えて、主演の芳根《よしね》京子《きょうこ》さんは涙を浮かべて「撮影を終わりたくない！　寂しい！」と言っています。彼女だけでなく、多くの人たちが同じ言葉を口にします。そして、みんなこのドラマが「北海道のローカル局制作」ということを忘れています。

九月中旬から一カ月半に渡って撮影された「チャンネルはそのまま！」は、来週クランクアップを迎えます。放送は来年三月。このドラマを観たみなさんが、同じく「北海道のローカル局制作」という意識を忘れて単純に楽しんでもらえたらと思っています。

（十一月一日）

ぼーっと「呑み鉄」、至福の時

「水曜どうでしょう」のロケでは、よく鉄道を使うんですけど、昔こんなことがありました。ひとしきりみんなでしゃべったあと、鈴井さんが急に黙り込んで窓の外を見てるんですよ。「どうしたの?」って聞いたら「柿の木が何本あるか数えてた」って。彼は非常に無意味なことを熱心にやってたわけですね。そんな緩みきった態度にみんな爆笑です。鉄道の旅はとてもヒマです。車と違って自分で運転するわけじゃない、だからそんなことをして時間を潰してたわけです。よくわかります。

僕は鉄道が好きなんです。いわゆる「鉄ちゃん」ですね。鉄道好きにもいろいろあって、鉄道写真の撮影が好きな人たちのことを「撮り鉄」、鉄道のガタンゴトンという振動音や駅の発車メロディーなんかを偏愛する人たちを「音鉄」、秘境駅とかに途中下車することを好む人たちを「降り鉄」なんて言ったりするそうです。で、僕はと言えば「乗り鉄」。とにかく鉄道に乗ることが好き。そして風景を眺めるのが好きですから窓側に座ることを好みます。「窓鉄」ですね。それも先頭車両の正面窓を見るのが大好きですから「先鉄」です。そんな言葉があるのかわかんないですけど。さらに最近では鉄道に乗って一杯やることを至上の喜びにしていますので「呑み鉄」でもあります。

乗車前は、駅ビルや隣接したデパートの地下の食品売り場に行って、大好きな赤ワインを仕入れます。駅弁は買いません。酒のつまみとしては不向きですから。食品売り場を熱心に見て回って、ワインに合うチーズや総菜を買い込みます。乗車したら、常に旅行バッグに入れてある備前焼の酒器を出しまして、これに大好きなワインを注いで、流れ行く風景を肴《さかな》に一献傾けるわけです。なんにも考えない。ほろ酔い加減でただぼーっと窓の外を見てるだけ。これが僕にとっての至福の時間です。

人それぞれに幸せな時間ってあると思うんです。例えば「風呂に入ってるとき」とか「音楽を聞いているとき」とか。それってだいたいゆっくりとした時間でしょう？忙しく動き回ってる時間でも、緊張している時間でもない。頭を空っぽにできる時間。

こういうときに人間は弛緩《しかん》して、幸せを感じてしまうわけですよね。これ、言ってみれば「油断している時間」なんです。日常生活で「油断する」ってダメじゃないですか。何が起こるかわからないから常に注意して防備を怠らない、それが肝要だとみんな普通に思ってますよね。つまり緊張状態です。でもそれって、決して幸せな時間ではないんですよ。

僕は日常生活でも、油断していることが多いんです。コンビニで買い物をして、そのまま商品を持たずに出てしまうとか、先日は飲み屋にメガネを忘れてしまったし、翌日はラーメン屋に上着を忘れてしまいました。でも、ちゃんと店員さんが「忘れ物ですよ」って教えてくれるし、追っかけて渡してくれる。「ありがとうございます！」ってお礼をすると「いえいえ、お気をつけて」なんて言葉をかけられたりして、ちょっとうれしくなったりもするんです。

「それって人に迷惑をかけてるでしょう」「ちゃんと注意しなきゃ」って言われそうですけど、日常生活にあまり緊張感のない僕は、案外幸せを感じる時間が多いような気がするんですよね。

（十一月十五日）

若者が憧れるくらい、楽しく働く

先日、札幌で講演をしました。主な参加者は、飲食店や衣服を販売するショップの店長クラスの方々。彼らの一番の悩みは「若い人たちがすぐにやめてしまうこと」で、そんな人たちを「どうやって教育したらいいのか?」ということでした。同様の悩みは、僕のラジオ番組「藤村忠寿のひげ千夜一夜」にも数多く寄せられます。つまりこれはどんな業種にも今、共通する悩みなんですね。

あるショップの店長さんは、こんなことを言っていました。「若い人にいろいろと教えてあげようとするんだけど、ぼーっとしててちゃんと聞いているのかどうかわからない」「指示すれば、とりあえずはやるけれど、しなければ何もしない」「そして仕事を覚える前にやめてしまう」「いったいどうすればいいんでしょうか?」

これは悩ましいでしょうね。給料が安いとか仕事がきついとか、わかりやすい理由ならばともかく、自分は親切に教えてあげているつもりでも、それが相手に伝わっているのかがわからない。その上すぐやめてしまう。つまり「自分の何が悪かったのかもわからないまま、悪循環が繰り返されている」ということです。これでは改善策も立てられないですよね。

では見方を変えて、その若い人の立場になって考えてみましょう。店長はいろいろと親切に教えてくれます。でも、自分にとっては初めてのことだから、とりあえず聞くしかない。それが店長には、ぼーっと聞いているようにしか見えないのかもしれない。店長が指示してくれれば、その仕事はもちろんやる。でも、それ以外のことはわからないから手が出せない。勝手に動いたら怒られるかもしれないし……と、彼はそんなことを考えていたのかもしれません。でも「なぜ彼はやめてしまったのか?」。そこが一番の問題です。

その理由は単純に「その仕事が面白そうに思えなかったから」ではないでしょうか。どんな職種でも、そこで働く人が楽しそうであれば、その仕事は魅力的に映ります。逆に、憧れの職業でも、みんな暗い顔をして仕事をこなしていたら、若い人たちは面白そうとは思わない。

「つまり原因は、キミ自身の働き方にあるんじゃないの？」と、僕はその店長に言いました。「キミが楽しそうに働いていれば、若い人だってその仕事を楽しいと思うでしょう」「キミが自分の発想で自由に仕事をしていれば、若い人だって自分から動くようになるでしょう」「若い人への教育方法に悶々と悩んでいるよりも、自分でテキパキ動いている方がよっぽど楽しいでしょう」「何より、キミは販売員としての経験を積んで、これからもっと仕事が面白くなってくる年代なんだから、そんなことで悩んでいる時間はもったいないよ」と。

若年層の人口が減り、企業では「人材確保」と「人材育成」が急務だと、ことさらに言われています。若い人たちを「確保して育成する」って、まるでゲームの中の珍獣やロボットのような扱いに聞こえます。彼らは人間なんです。人間が求めるのは、自分で考えて自由に動ける環境です。果たして我々の職場がそんな環境なのかどうか？　我々自身が生き生きと働いているのかどうか？　そこがこれからは一番大事になってくると思います。

（十二月六日）

答えは、「急がなければいい」

ラジオNIKKEI第2でやっている番組「藤村忠寿のひげ千夜一夜」にこんなお悩み相談のメールがきました。「最近、自分の性格が悪くなってきているように感じます。どうしたらいいでしょうか？」と。ものすごくザックリとしたお悩みですね。「もうちょっと具体的に言ってもらわないと！」とも思ったんですが、答えましたよ。

「性格が悪い」というのは、だいたい他人のことを悪く言ってしまうとか、意地悪をしてしまうとか、そういう感じの行為を言いますよね。言い方を変えれば、自分の都合を最優先にして、他人の都合を考えない、という行為ですよ。

僕自身、そんなに性格が悪いとは思ってないですけど、例えば急いでいるときにね、前をノロノロと歩いている人がいて、追い越すこともできないような状態であれば、ちょっとイライラしてしまうようなことはあるわけです。そのイライラがつのって「チッ！」なんて舌打ちして、後ろから乱暴に押すなんてことをしたら「あらちょっと藤村さん、性格悪いわね」なんて他人に思われても仕方がない。

つまり自分が急いでいるという都合を最優先にして、前をゆっくり歩いている人の都合を考えていないわけです。その人は、周りの景色を楽しんでゆっくり歩いているのかもしれないし、もしかしたら足が悪いのかもしれない。でも自分は急いでいるから、その人のことを邪魔にしか思えないんです。

でも、僕が急いでいない状況であれば、そもそもイライラしないわけです。「あぁ、この人は風景を眺めているのか」と気づけば、一緒にその風景を楽しむこともできるし、足が悪いと気づけば手助けしてあげることもできます。もしもそんな僕の行為を見たら「あらちょっと藤村さん、性格良いわね」なんて思われるわけですよね。

と、いうことはですよ。「自分の性格が悪くなってきている。どうしたらいいでしょうか？」というお悩みに対しては、ひとつ「急がなければいい」という答えが導き出せるわけです。たとえ時間に遅れそうになっても急がない。ゆっくり歩いて風景を楽しみ、足の悪い人がいれば手助けをする。そして遅れたことを最大限に謝罪する。

そういう日常を送っている人のことを「性格が悪い」なんて誰も思わないわけです。

ただ、性格は悪くないかもしれないけれど、この人には多々問題点がありますよね。「遅れそうになっているのに急がないって、おまえどういうことだ！」と、まず怒られますもんね。「そもそも遅れた原因はおまえが寝坊したからだろ！」「はい、すいません！」って、誠心誠意土下座されても困りますし。結論「こんなやつに仕事は任せられない」と思うでしょう。

性格と能力は別物です。でも、能力が高くて性格が悪い人より、性格の良い人の方がいいですよね？ そう思った人は、これからは「急がない」「忙しくしない」ということを第一に考えてみてください。それによって時間に遅れ、仕事に支障をきたしたら、とにかく「謝る」。そうすれば性格は悪くはならないと思いますよ。これはまあ極論ですけど、「急がない人」が増えれば、世の中も少し良くなるような気がします。ということで、年末年始は皆さん、ゆっくりとお過ごしください。良いお年を！

（十二月二十日）

2019年

新聞の多様性、一翼担う思い

新聞を毎朝、一時間ほどかけてすべて読むんです。これはもう十年以上前からの習慣です。読み方に自分なりの手順があります。

まずは表紙である一面に目を通します。ちゃんとは読みません。見出しを確認するだけです。トップの見出しは「昨日の出来事の中で一番のトピックはこれか」という確認作業の意味合いが強いからです。

昔ならば、早朝に配られる新聞の一面を見た瞬間に「えっ！　マジで！」なんて驚くような、初めて知る驚愕《きょうがく》の事実なんてのがあったんでしょうけど、今の世の中ではほぼないわけですから。事件があればすぐさまテレビやネットのニュースに流れて、翌日の新聞の一面には、すでにみんなが知っている事実がデカデカと載るだけのことですから。だから僕は一面はあまり読まずに、すぐさま新聞紙をひっくり返して裏面のテレビ欄を見ます。

今はテレビ本体に番組表がボタン一つで表示される便利な時代になりましたけど、昔は新聞のテレビ欄こそ楽しみにしている番組内容を事前に知る有効な手段でしたから、その習慣が今も抜けないんですね。でも昔と違うのは、今はどの局も朝から晩まで生放送のワイド番組をやっています。ですからテレビ欄を見れば、新聞では扱われない有名人のゴシップネタなんかをだいたいそこで知ることができるんです。そんなネタの内容を僕は深く知りたいとは思いませんから、もうそれだけで十分です。

裏のテレビ欄から紙面をめくり、社会面、地域面、家庭面、そしてスポーツ面をじっくり読みます。これらの紙面にこそ、知らなかったことがたくさん出てくるんです。「へぇーそんなことあったんだ」とか「へぇーそういうふうに考えている人がいるんだ」とか。

スポーツ面は、プロ野球の結果だけではなく、各選手の打率、投手の防御率、サッカーならJ1はもちろんのことJ2の順位表まで載っています。日ハムの近藤《こんどう》選手の打率は常に気になるし、コンサドーレが上位になってくれれば前後のチームとの勝ち点差が気になります。バスケットはあまり興味がないんだけど、Bリーグの順位表も載っていますからレバンガの成績も頭に入ってきます。プロスポーツだけではなく、中学や高校のスポーツ大会の結果も載っています。

そんなところまで目を通していると、あっという間に一時間近く経ってしまって、あとの経済面や外報面、政治面なんかは流し読みをして、ようやく最後に一面に戻ってトップ記事をちゃんと読みます。そうするとですね、トップ記事の意味合いが自分の中で少し変わってくるんですよね。社会面に載っている小さな出来事、スポーツ面に載っている細かな記録、家庭面に載っている生活情報、そういう「複合的な要素が積み重なった日常の中で起きた事象」という見方になるんです。こういう見方を毎日一時間もやっていると、トップ記事になるような事件にあまり驚かなくなるというか、冷静になれるんですよね。

毎日配られてくる新聞には、多様性が詰まっています。このコラムも、そんな新聞の多様性の一翼を担っているという自覚を持って、今年も忙しい中、締め切りギリギリまで粘って書いていこうと思っています。本年もどうぞよろしくお願いします。

（一月十日）

ムロくんと大泉さんの共通点

毎年二月に高松市で開かれる「さぬき映画祭」に今年も参加します。これで六年連続。この映画祭は地元出身の映画監督・本広克行さんがディレクターをつとめていて、彼の人脈で山田《やまだ》洋次《ようじ》さんや大林宣彦《おおばやしのぶひこ》さんらの名だたる監督や俳優さんたちが参加しています。夜になると市内のレストランがパーティー会場となって、そんな人たちと酒を酌み交わすこともできます。昨年は、ここで知り合った犬童一心《いぬどういっしん》監督の映画「猫は抱くもの」に出演する機会も得ました。

僕は映画とは関係ないんですが、本広監督が「水曜どうでしょう」のファンで、番組で放送した「四国八十八カ所お遍路の旅」を上映したり、一緒にトークショーをやったり、数年前からは本広監督が企画した映画祭用のオリジナル映像を僕と嬉野さんで撮影したりしています。

僕らと同じようにこの映画祭に昔から参加している俳優さんがいます。ムロツヨシくんです。彼は本広監督の「サマータイムマシン・ブルース」が映画デビュー作で、映画祭では上映前の司会をしたり、パーティーでは率先して盛り上げ役になったりと、裏方でずいぶんと活躍していましたが、まだそんなに売れてはいなかった。それが徐々に名前が知られるようになり、昨年のドラマ「大恋愛」で大ブレーク。今や最も人気のある俳優さんになりました。

ムロくんには、昔から研究している役者がいるそうです。大泉洋さんです。キャラクターが似ているんですよね。二人とも知っている僕からしても、とても似通ったところがあります。一番は、二人とも「とても気遣いの人」なんですよね。共演している役者たちに対してもスタッフに対しても、とにかく盛り上げようとする。現場の空気を和ませようとする。ただそのやり方はそれぞれ違って、大泉さんはわざと悪態をついて周りの人たちを盛り上げ、ムロくんは嫌みなほど周りを持ち上げて和ませる。

ムロくんが飲みながら言ってました。「僕はいろんな人に好かれたいという気持ちが強すぎるのかもしれない」と。それは多分、大泉さんも同じです。でもその欲求こそが、俳優という仕事には一番大事で、だから彼らはスタッフにもファンの人にも旺盛なサービス精神を発揮して人気者になった。でもムロくんはこんなことも言っていました。「『水曜どうでしょう』はとても面白いんだけど、途中で苦しくなって見ていられなくなるんです」と。「大泉さんの天才ぶりがすごくて、自分はかなわないと思えてしまう」と。

そんなムロくんを実は数年前「水曜どうでしょう」に誘ったことがあります。「虎《こ》視《し》眈々《たんたん》と大泉さんの後釜を狙うキャラとして、物陰に隠れるようにロケに参加してくれないか」と。それは実現はしなかったけれど、ついにムロくんと先日、一緒に仕事をしました。今年の「さぬき映画祭」用のオリジナル映像を僕が演出し、ムロくんが出演してくれたんです。ただ、その内容はあまりにもバカバカしくて、ここでお話しできるようなものではないんですが、ムロくんは昔と変わらず周囲を盛り上げ、バカバカしい企画意図をすんなりと理解して見事に演じてくれました。そののみ込みの早さは、大泉さんと同じでとても頼もしかった。ムロくんのこれからの活躍を北海道から応援しています。

（一月二十四日）

人生なんて、人との縁次第

受験シーズン真っ盛りとなりました。僕の高校受験はもう四十年近くも前のこと。志望校は名古屋の伝統ある進学校、菊里《きくざと》高校でした。でも当時の愛知県の高校入試は学校群制度でした。複数の高校がひとつの「群」を組み、受験者はその「群」を受けるんです。名古屋には一〜十五群があり、僕が受けたのは、菊里高校か向陽《こうよう》高校に入学できる第十五群。合格してもどちらに入学できるかは運次第なんです。で、僕は合格したんですけど、振り分けられたのは向陽高校。そりゃ残念でした。合格発表の時に、泣き崩れている女子がいたので「落ちたのかな？」と思ったら、僕と同じく向陽高校に振り分けられていたんですね。それぐらい菊里は人気があり、向陽は不人気だったわけです。

そんな運の悪い（と自分たちは思っている）新入生が毎年入ってくるわけですから、

この向陽高校は、なんというか、熱気のない生ぬるい雰囲気が漂っておりました。それなりの進学校ではありましたが「有名大学進学に向けて熱心に勉強する！」という雰囲気でもなかったし、部活も「弱くはないけど強くもないですよ？」という埋もれた中堅クラスばかり。

僕がいたラグビー部もしかりでね。競争心はないけれど、男子も女子も和気あいあいとして居心地は良く、他校からは「向陽温泉」と呼ばれておりました。

そんなぬるま湯にどっぷりとつかっていた僕でしたが、卒業が近づくにつれ「このままではいけない」と思い立ち、「少年よ大志を抱け」のフレーズも勇ましい北大を志望しました。しかしながら見事に落ち、一年間の浪人の末に合格。いよいよぬるま湯を抜け出し、僕は北の大地へとやってきたのです。

ところがです。名古屋から遠く離れた北大に、僕の入学を手ぐすね引いて待っている高校の先輩たちがいました。北大ラグビー部には、なぜか向陽高校ラグビー部の先輩たちが続々と入部していたのです。「そうかそうか、今年は藤村がきたか、ヨシヨシこれで向陽の伝統は途切れない」と、僕は有無を言わさず入部させられました。でも北大ラグビー部は上下関係も厳しくなく、和気あいあいとした雰囲気で、僕は結局四年間ラグビー漬けの日々を送りました。しかし、どっぷりとラグビー部温泉につかっていたため留年。大学生活は五年目に突入しました。部活動は四年で終わりでしたから割とヒマ。するとラグビー部の卒業生から「ヒマならウチの会社でバイトしないか」と誘われたのがＨＴＢ。

この会社の雰囲気もまたぬるくて和気あいあいとしていて、それはもう高校時代から入り慣れた僕にとっての適温で、テレビ局に入ろうなんて微塵《みじん》も思っていなかったけれど、迷うことなく翌年に入社。そのままＨＴＢ温泉につかって三十年近くがたちました。

考えてみれば、もしも高校受験の時に志望校に行っていたら、僕は間違いなくＨＴＢに入社することはなかったでしょう。人生なんて全ては人との縁なんですよね。いいですか？　受験生諸君！　たとえ志望校に落ちても、気を落とすな！　その結果こそが、これからのキミの人生にとって大事な人たちとの縁を生んでいくんです。ちなみに母校の向陽高校は、今や愛知県トップクラスの進学校になっているそうです。僕が今受験生だったら、絶対に落ちてたでしょうね。

（二月七日）

「ほうれんそう」面倒くさい

ネギで有名な埼玉県深谷《ふかや》市に僕と嬉野さんが呼ばれ、講演会をやりました。テーマは「ローカルからの発信力と持続力」。「ローカル局制作のバラエティー番組でありながら日本全国で放送され、ファンを獲得していった「水曜どうでしょう」は、どんな手段で全国に発信し、どんな方法で二十年以上も番組を続けているのか？　その秘訣《ひけつ》を語る」というようなことです。

そこでまずお話ししたのは「僕と嬉野さんの共通点は面倒くさいことをしたくない」ということです。組織で大事なことは「ほうれんそう」なんてことをよく言います。「報告をする」「連絡を取り合う」「相談をする」。でも僕らは、それをほとんどしません。なぜなら「面倒くさい」からです。

「こういうことをしたいと思います」と報告すれば、だいたい「事前にスケジュールを出してくれ」と言われます。「現在こういう風に進んでいます」と連絡すれば、だいたい「わかった。また逐一連絡してくれ」と言われます。「こういう感じで進めたいと思いますが、どうでしょうか?」と相談すれば、だいたい「ここは直したほうがいい」と言われてしまいます。すべて面倒くさいから僕らはしません。

なぜ面倒くさいのか? 「ほうれんそう」するたび、停滞してしまうからです。熱が冷めてしまうからです。やる気をそがれてしまうからです。「でも勝手にやられてはリスクが大きい」「失敗したら責任を取れるのか」と言われます。でもリスクを冒さなければ新しいものは生まれないし、そもそも自分でやったことの責任は自分で取るものです。そんな当たり前のことを「ほうれんそう」によって出来なくなってしまうんです。

では本題に入ります。まずは「発信力」についてですが、実は僕らは、全国に向けて番組を「発信した」とは思っていないんです。「水曜どうでしょう」がレギュラー放送をしていた時期とインターネットが普及し始めた時期がほぼ重なります。ネット環境によって、誰でも「発信できる」という時代が到来したわけです。その時期に僕らがネット上でやっていたことは、番組を宣伝することよりも、視聴者のみなさんとコミュニケーションを取ることでした。ネット上に「今日誕生日なんです」と書き込みがあれば「おめでとう」と返す。「明日受験なんです」とあれば「頑張れよ！」と返す。そんなやりとりを日々していました。つまりは双方向です。

すると「水曜どうでしょう」という番組を介して視聴者との信頼関係が生まれました。だから全国にこの番組を愛してくれる人が増えたのだと思います。「発信する」というのは、一方通行です。果たしてそこに信頼関係は生まれるでしょうか？

続いては「持続力」。最初に話したように、僕らは「面倒くさいこと」はしません。「停滞するようなこと」はしません。だから次々に新しいことが起こるし、それに対応しているだけで手いっぱい。だから日々飽きることはないし、「だから持続する」という単純な話です。

字数も足りなくなってきたので本日はここまで。でも「もう少し話を聞いてみてもいいよ」という方がいらっしゃいましたら、僕と嬉野さんが働き方について書いた『仕事論』という本が総合法令出版から出ていますので是非！

（二月二十一日）

旧社屋で撮影ドラマ、映る日常

佐々木倫子さんの漫画を原作としたＨＴＢ開局五十周年ドラマ「チャンネルはそのまま！」の放送がいよいよ近づいてきました。まずは三月十一日（月）からネットフリックスにて全五話が順次配信。そして十八日（月）夜十一時二十分から五夜連続でＨＴＢにて放送となります。

このドラマは昨年九月、ＨＴＢが新社屋に移転した翌日から社員のいなくなった南平岸の旧社屋で撮影がスタートしました。五十年間、番組を送り出すために社員たちが毎日働いていた社屋。それをそのまま使ってテレビドラマを作る。これはテレビ史上あり得なかった撮影手法ですし、今後もきっと出来ないことでしょう。

マスターと呼ばれる主調整室。番組を送り出すテレビ局の心臓部です。五十年間、年中無休で二十四時間稼働してきました。ここもドラマの舞台となり、そこで実際に働いていた技術部員たちが、ドラマのためにテレビモニターのプログラミングを変え、時計の針も自在に変えて撮影に臨みました。同じく二十四時間休むことなく報道記者たちが働いていた報道フロアに出演者たちが入り、報道記者たちもエキストラとして出演し、臨場感あふれる撮影が行われました。

ドラマのオープニングは、札幌市内が見渡せる大倉山《おおくらやま》ジャンプ台あたりの空撮から始まります。そのままカメラは市内中心部の大通《おおどおり》公園、テレビ塔を眼下に見て、右に旋回して豊平《とよひら》川沿いを南下し、中島《なかじま》公園を過ぎたあたりで左に旋回、すると小高い丘の上にＨＴＢの旧社屋が見えてきます。カメラはぐるりと社屋を旋回すると、急に高度を下げて通用口の玄関に突入し、社屋の中へと入り込みます。狭い廊下を進み、突き当たりを左に曲がると、そこは多くの報道記者たちが忙しく立ち回る報道フロア。その喧騒《けんそう》の中をカメラはさらに進み、隣接する報道スタジオ、そして廊下を隔てた報道サブと呼ばれるニュースを送出する部屋へと入り込み、そのままドラマの主人公たちが右往左往する物語がスタートします。

ここまで数分間、カメラが止まることのないワンカットの演出を、「踊る大捜査線」

シリーズを手がけた本広克行監督が見事に作り出しました。そんな映画のようなオープニングで始まるドラマですが、中身はあくまでコメディー。札幌のローカル局に勤める社員たちの日常のドタバタがつづられていきます。

先月、香川県で開かれた「さぬき映画祭」で、この壮大なオープニングで始まる第一話だけを先行上映しました。コメディーなのに「なぜか泣けてしまった」という人が数多くいたことに驚きました。その理由はハッキリとは分かりません。でもそこに映し出された映像は、撮影のために作られたセットではなく、五十年間、毎日稼働していた放送局のリアルな風景でした。

本広監督が言っていました。「このドラマの大きな目的は、いずれ形のなくなるこの社屋の隅々まで記録することだ」と。ドラマではあっても、そこにドキュメンタリーのような感覚も生まれて、観る者の胸を打ったのだと僕は勝手に想像しています。

最終回は僕が演出を担当しました。原作の漫画にはない、オリジナルのストーリーが展開します。ここで主人公を演じるのは大泉洋。彼の役者としての力量に僕は心底感服しました。是非、最終回まで余すところなくご覧ください！

（三月七日）

ユーチューバーになってみた

ここ数年「小学生のなりたい職業」のランキング上位に「ユーチューバー」が入っているそうで。「ヒカキン」や「はじめしゃちょー」といった有名なユーチューバーたちはテレビに出ずとも圧倒的な人気者。「それは一体どういうことだ?」ということで私、嬉野さんと一緒に二月からユーチューバー事務所と契約してチャンネルを開設し、ユーチューバーになってみました。実際にその世界に入り込んで体験すれば「テレビとの違いがわかるだろう」という単純な発想です。

事務所から「まずは自分の好きなことからやってみましょう」とアドバイスを受け「好きなことと言ったら、そりゃあーお酒!」と即答して「いろんなお酒を飲み比べて感想を語る」というだけの動画をアップしました。あとは好きな映画の話をしたり、慣れないゲーム実況もやってみたり。こう書くと「あんまり面白くなさそう」と思われるでしょうけれども、チャンネル登録者数があっという間に十万人を超えました。もちろん「水曜どうでしょう」のファンが登録してくれたんですけれども、特筆すべきは、三十五歳以下の若い人たちが圧倒的に多いということ。四十代以降の人たちはごく少数。これはテレビの視聴者層とは真逆の現象です。

ユーチューブがテレビと大きく違うのは、スマホやパソコンといった「個人の持ち物で見る」ということです。電車の中でも見ることができる。そして「面白かった」「つまらなかった」「次はこんなことをしてほしい」などなど、その場で僕らに直接コメントを投げかけることができます。さらには「それより『どうでしょう』の新作はいつ放送ですか?」なんてコメントを誰かが書き込めば、「そうそう! 私も早く見たい」なんていう視聴者同士のやりとりもできる。

つまりユーチューブの動画を介して、みんなでコミュニケーションすることができるんです。若者がスマホ片手にひとりで動画を見ているようであっても、実は彼らは彼らなりのやり方でちゃんとコミュニケーションを取っているんですよね。

僕らの時代は家にテレビが一台しかありません。だからみんなで見るしかなかった。

みんなで見ているから、その場で「面白いよね」とか「つまらなかった」という会話がされていた。でも今はそれぞれスマホを持っているわけです。わざわざ集まって一緒のものを見る必要はない。

いや、我々の時代だって本当は自分の好きなものをひとりで見たかったんです。でもそれができなかっただけのことで、今も昔も変わらないのは「誰かとコミュニケーションしたい」という欲求です。ただやり方が変わってきているだけのこと。

僕がユーチューバーの立場になってわかったことは、若い世代のコミュニケーションの取り方が変わってきているのに「テレビは相変わらず自分たちで決めた時間に決まった番組を流すという一方通行な行為をし続けている」ということです。

ユーチューバーたちは自分をさらけ出し、自分の思いを伝える方法を模索し続けているのに、テレビは昔と変わらないやり方で、昔よりも強固なヨロイを身にまとって本音を言わない。そんな相手とコミュニケーションが取れるでしょうか？　だから私はこれからも自分の正直な思いで番組を作っていきたいと思っています。

（三月二十一日）

ローカル局番組、一気に世界へ

ＨＴＢ開局五十周年ドラマ「チャンネルはそのまま！」の道内での放送が終了しました。夜十一時台の放送にもかかわらず、ドラマとしては高視聴率を獲得しました。ＳＮＳ上には「めちゃめちゃ面白かった」「久しぶりに毎回楽しめるドラマに出会った」などのコメントが多数寄せられました。みなさん、ご覧になっていただけたでしょうか。

というか、これは道内のみなさんに絶対に観てほしかったドラマでした。なぜなら、北海道の小さなローカルテレビ局であっても、キー局に劣らない連続ドラマを作ることができる、笑って泣いて、ちょっと感動もして、少し考えさせられるようなエンターテインメント性に富んだドラマを作ることができる、それをようやく実現できたからです。こんなことを実現できたのは、ネットフリックスというアメリカに本社を置く、有料の映像ストリーミング配信事業会社とパートナーを組めたからです。言うなれば、北海道の中小企業が、国内の有名企業を飛び越えて、世界的な大企業と組んで製品を作ったのです。

なぜこのようなことができたのか？　それは「水曜どうでしょう」が発端です。ネットフリックスが日本に進出した際に「『水曜どうでしょう』を配信したい」と熱心に言われました。その理由は「我々はこれまで映画やドラマを中心に配信してきたが、今後はシナリオのないドキュメンタリーやバラエティーも配信していきたい。その際に、日本で目を付けたのが『水曜どうでしょう』です。ノンシナリオのバラエティーとしては非常にクオリティーが高い」ということでした。

また彼らはこんなことも言いました。「我々の役割は、優良なコンテンツを世界中に配信すること。たとえ南米の小さなテレビ局が作ったものであろうと、それが良質なものであれば配信するのが企業理念です。だから日本のキー局であれローカル局が作ったものであれ、我々には関係ありません」と。その結果、「水曜どうでしょう」は、英語や中国語に翻訳され国外に配信されました。そのつながりから「あなたたちが作るのなら」と、制作者としての信頼を寄せて出資してくれたおかげで、ローカル局の枠を超えたドラマ制作が実現したというわけです。

「チャンネルはそのまま！」は、三月十八日からの道内での放送に先駆けて、十一日からネットフリックスで日本国内での配信が始まり、二十一日からは世界配信がスタートしました。日本のローカル局がこれまでやってきた「東京キー局を通じて系列局のネットワークで番組を全国に放送する」という従来のやり方をガラリと変え、そして一気に世界中の人々に観てもらう機会を得たのです。

インターネットのおかげで、北海道に住む僕らにもそんなことができる時代になりました。それなのに東京を通じてとか、本社にお伺いを立ててとか、相変わらず縦のラインで仕事を進めていると、ずっと狭い世界にとどまることになる。それよりも「理念」でつながる横のラインで仕事を進めていくと、もっと広いフィールドに行ける。そんなことを実感したドラマ制作でした。

「チャンネルはそのまま！」の道内放送は終了しましたが、ネットフリックスではいつでも観ることができます。見逃した方はぜひ！


（四月四日）

ネットでも大切、「知り合い」の関係

家電メーカー、シャープの公式ツイッターは約五十万人という圧倒的なフォロワー数を誇ります。そのツイッターは「シャープさん」と呼ばれる一人の社員によって日々書かれています。

企業のツイッターといえば、その大部分は商品などの宣伝に使われていますが、シャープの場合、自社製品の宣伝ツイートもあるものの、大部分はシャープさん個人の感性から出る言葉がつづられています。

例えば三月二十九日のツイッターには「サクラもいいけどユキヤナギもいいと思う」という言葉とともにユキヤナギの写真がアップされています。三年前にSMAPの解散が話題になった時にはこんなツイートが。「Sで始まりPで終わる弊社として

は、けさの解散ニュースのドキドキ感がすごい」。当時、シャープが台湾のメーカーに買収されるという情報で揺れていたころ。企業の公式ツイッターとしては不謹慎と捉えられかねない言葉であっても、一人の社員の独特の感性によって、危機感をゆるやかに表現しているところに思わず「うまい！」となってしまいました。

先日、そのシャープさん本人とトークイベントを行いました。彼いわく「何度も会社に怒られた」そうですが、それでもツイッターを続ける本意は「シャープという会社の中に、こういう人がいることを知ってもらい、知り合いのような親近感を持ってもらう」ことだと。そのために個人から送られてくるツイートにも回答をする。「○○さん、誕生日おめでとうございます」なんていう個人へのお祝いメッセージも公式ツイッターに日々アップされています。

思えば僕らが二十年ほど前に「水曜どうでしょう」の公式ホームページを立ち上げたとき、最初にやったのは「ディレクター陣の日記」を毎日書くことでした。そこに書いていたのは、番組の宣伝よりも、大部分は個人的な家族の話であったり、身の回りで起きた、たわいもない出来事。そして視聴者からの書き込みには、僕と嬉野さんが直接返事を書いていました。中には悩み事の相談も多くあり、嬉野さんは特に熱心に返事を書いていました。僕らはホームページ上で視聴者と「知り合い」の関係になっていきました。

企業がインターネットを駆使して広報宣伝する場合、どれだけ多くの人々に拡散できるのかをまず考えます。そのために特典を付けたり、キャッシュバックをしたり。でも僕はインターネットというものを単純に「便利な電話や手紙」と考えています。電話や手紙は基本的に個人から個人へと情報を伝えるものです。それもある程度の知り合いに伝えるものです。見ず知らずの人からいきなり電話が来て「この商品はお買い得です」なんて勧誘されても「いや結構です」とすぐに切ります。多くの企業は、これと同じことをインターネット上でやっているように思えます。

「どうやったら情報が拡散するか」を考える前に、まず「誰が情報を伝えるのか」が大事だと思うんです。信用している知り合いからの情報であれば確実に伝わり、その情報は、その人の知り合いへと拡散していく。そこには特典もキャッシュバックも必要ありません。インターネットを「多くの人とつながる便利な電話や手紙」と考えれば、何よりもその発信者が知り合いのように信用されているかどうかが重要だと思うのです。

（四月十八日）

サボりの時間って充実してる

この連載を続けてもう五年ほどになります。月に二回、自分でテーマを決めて文章を書く。日々、頭の片隅には常にこの連載のことがあって「そろそろ書かなきゃな」って、気持ち的には子供のころの「宿題」と同じような感覚ですよ。

子供のころは「宿題やってから遊びに行きなさい」なんてことを言われるわけですけど、こっちは「もうやった」もしくは「今日は宿題なかった」とか、あからさまなウソをついて家を飛び出し、夜になって急いでやるか、もしくは翌日先生に「宿題忘れました」と、これまたあからさまなウソをついて怒られて終わるか、というパターンですよね。忘れてるわけはないんです。遊びながらも頭の片隅では「宿題やんなきゃ」ってずっと思ってる。それで友達に「宿題やった?」なんて聞けば「やってるわけないじゃん」という心強い答えが必ず返ってくるので、「あとでやればいいよね」と勝手に納得して遊んじゃって苦労する。「苦労するぐらいなら先にやっておけばいい」「その方が思いっきり遊べるでしょう」という道理は自分でも分かっているんだけど、「今は友達と遊ぶ方が先決」という揺るぎない意志が道理に勝つんです。

この原稿は、三日ぐらいかけて完成させます。一日目は冒頭の数行を書き出す程度で終わります。二日目は三分の一から半分近くまで書く。そして三日目にそこまでの部分を何度か読み直して、最後まで書くという感じです。

「ずいぶんと丁寧にやってますね」と思われるかもしれませんが、正直なところ集中すれば一日で書き上げられるんです。でも、いかんせん集中できなくて、途中でタバコをふかしたり、スマホでゲームをやったり、お酒を飲んだりして作業がなかなか進まない、だから三日もかかる、ということなんです。でも案外、原稿を書きながら一服したりお酒を飲んだりする時間って悪くないんですよ。

「やんなきゃいけないのに、他のことをしてしまう」という、ちょっとしたサボりの時間って、変な言い方ですけど時間が充実してるんです。原稿を書き上げてからゆっくりとお酒を飲むとか、スマホを取り出してゲームするとかはしないです。書き上げたらもうやることなくて寝ますもん。やらなきゃいけないことがあるから、サボりの時間もあるわけです。

今思えば子供のころ、宿題をやんなきゃいけないのに遊びに行く、テスト勉強しなきゃいけないのにテレビを見る、それはすなわち遊びもテレビを見る時間も限定されていたからこそ楽しかったたんじゃないかと思うんですよね。そう考えると、大人になってからも「今週中にあの案件を片付けなければ」とか、「明日の献立どうしようかしら」とか、日々頭を悩ませている事とのうまい付き合い方ってのもあると思うんです。つまり、サボるってことですよね。

営業の途中で公園でぼーっとするのもいい、昼にワイドショーを見ながらボリボリお菓子を食うのもいい、そういった時間を持てるのは、逆に「やらなきゃいけないことがあるからなんだ」と自覚すると、少し気持ちに余裕ができる気がします。

なんてことを書いていたら、時代はいつの間にか平成から令和に変わっていました。

さぁ、寝ます。今後ともこの連載、よろしくご愛読ください。


（五月九日）

自分でやってこその充実感

六年ぶりに札幌で「水曜どうでしょう祭」を開くことになりました。数万人のどうでしょうファンが全国から集まる大規模なイベント。前回も大いに盛り上がりました。「またやってほしい！」という声が多く上がりました。でも前回の祭りを終えたとき、僕は「もうやらないだろうな」と思っていたのです。

理由は、規模が大きくなり過ぎたからです。お客さんが増えればスタッフの数も増える。スタッフが増えれば、意思の疎通も出来づらくなる。意思の疎通が出来ないと、それぞれに心配事が増え、不安と不満も募る。その結果、スタッフ側に「めんどくさい」「でも仕事だからしょうがない」という気持ちが芽生えてしまう。それでは祭りを続けていくことはできない。だから僕は「もうやらないな」と思ったのです。実際、ファンの盛り上がりとは裏腹に、誰からも「また来年もやりましょう」という声は上がりませんでした。

翌年の夏、祭りで売れ残ったグッズをトラックに載せ、東北各県を少人数のスタッフで行商する「キャラバン」というイベントを始めました。会場は山奥の温泉やスキー場、海沿いの公園などその都度変わります。会場に着けば、すぐにスタッフが集まり、ステージや物販テントの配置を決める。そして号令一発、テントの設営が始まります。でも少人数だから時間がかかる。そこでお客さんにも設営を手伝ってもらうことにしました。みんな喜んで手伝ってくれます。ならばいっそのこと販売の売り子もやってもらおう、受付もやってもらおう、手伝ってくれる人をその場で募ると、多くの人が手をあげてくれた。お客さんが自主的に運営側に参加してくれることで、「ただ見ているだけではなく、自分たちでこのイベントを盛り上げるんだ」という機運が生まれました。スタッフが少人数だったからこそ生まれた一体感がありました。

二十日間ほどで十会場以上を回る「キャラバン」は、スタッフ全員ヘトヘトに疲れ果てます。でも「こんなキツい仕事はもうやりたくない」という声はあがりません。それどころか「来年は東北以外でもやりましょう」「いつか九州にも行きたいですね」、そんな声がどんどんあがる。スタッフに充実感があったのでしょう。「キャラバン」はその年から毎年継続して開催され、六年の月日が流れました。

今回の祭りは、前回よりもスタッフの数をぐっと減らしました。お客さんの数はおよそ一万人。でも「キャラバン」で経験を積んだスタッフならば、お客さんが増えようが、きっと一体感のあるイベントにすることができるだろう。そうなれば祭りを継続して開催することもできるだろう。そう思えたのです。

どんなことでも、一番大事なことは「それを継続していけるかどうか?」だと僕は思っています。継続のために大事なことは、不安や不満を帳消しにするほどの充実感です。充実感とは「これは自分の力でやったんだ」と各人が思えることです。

不安や不満をなくすために、人を増やし、予算を増やし、リスクを減らすことをみんな考えます。でもそうすることで「自分の力」がどんどん縮小されていく。そこには充実感は生まれません。関わる人それぞれが、それぞれにリスクを負うことこそが、実は継続の原動力になる。僕はそう思っています。

(五月二十三日)

悪い方へ悪い方へ考えちゃう？

来週十三日から始まる劇団イナダ組のお芝居「刹那ィ」に出演します。札幌の銀行に勤める綿谷《わたや》という中年の男が僕の役。銀行が所有する研修所が売却されることになり、その調査で道南の鹿部町《しかべちょう》にやってきた綿谷。ところが大雪でＪＲが運休となり、山中にある研修所に足止めされてしまう。雪がおさまるのを待つだけの綿谷の前に、突然ひとりの男が現れる。

彼は言う。「俺はおまえ自身だ」と。男は綿谷の仕事や家庭の現状、そして忘れ去っていたはずの過去の出来事を語り出す。綿谷は雪がおさまるまでの数日間、古びた研修所の粗末な一室で、男と奇妙な日々を過ごすことになる。一体、男は何者なのか？　そして男が現れた目的は何なのか？　そんなお話です。

作・演出のイナダさんが数年前、実際に大雪で鹿部町に足止めされた経験がベースになっています。何もすることがなくなってしまったイナダさんは、色んなことを考えてしまった。もうひとりの自分と自問自答を繰り返す。「あの人は自分のことを嫌っているんじゃないか」「あの時、あんなことを言わない方が良かったんじゃないか」……考えれば考えるほど、思考は悪い方へ悪い方へと向かっていく。「今更考えたってしょうがない」とわかっていながら、その思考が止まらなかったと。

確かにそんなふうに考えてしまうことって、誰にだってあると思います。それで自分を反省するのは大事なこと。でも、そんな思考ばかり続けていたら決して良い方向には転ばない。「次はこうしよう」「こうした方が良くなる」って、すぐに思考を切り替える方が大事に決まっています。「イナダさんもさぁ、もうちょっとポジティブに考えたら?」なんてことを飲みながら話してたら、「もちろんそれができるんなら、そっちの方がいいに決まってるよ」とイナダさんは答えます。「できないから、ついつい悪い方にばかり考えちゃうんでしょう」と。

「でもね」と、イナダさんは続けて言いました。「一番ダメなのは、悪い思考を続けるわけでもなく、良い方に思考を切り替えるわけでもなく、そこで思考を停止してしまうことなんじゃないかなぁ」と。「何も考えず周りに調子だけ合わせているのって、単に嫌なことから逃げてるだけでしょう。そういう人は、いずれ周りの人たちから信頼を失い、必要とされなくなってしまう。それって悲しいですよねぇ」と。

　そんな悲しい男が僕の役。そして「もうひとりの自分」を演じるのが、東京の人気劇団「キャラメルボックス」の大内厚雄《おおうちあつお》さん。三月に放送されたＨＴＢ制作のドラマ「チャンネルはそのまま！」で、雪丸花子を叱咤激励する報道部・長谷川《はせがわ》デスク役をコミカルに演じて大好評でした。大内さんを札幌に迎えての今回のお芝居……なんですが、この原稿を書いている時点で、まだ台本が完成していません。先日の稽古では、ついにイナダさんが「ゴメン！　書けない！　思考が止まった！」と言い出しました。「なに言ってんだよ！　思考が停止するのが一番ダメだってアンタが言ってただろう！悪い方でもいいからとにかく考えて！」と叱咤激励して、なんとか稽古は進んでいます。

　イナダ組「刹那ィ」札幌公演は十三日から十六日、琴似《ことに》のコンカリーニョにて。是非！　お越し下さい。

（六月六日）

ラグビーW杯、楽しむために

この秋、ラグビーW杯日本大会が札幌でも二試合行われます。前回大会は、札幌山の手高校出身のリーチ・マイケル主将率いる日本が強豪・南アフリカに奇跡的な逆転勝利を収め、大いに盛り上がりました。道民としては世界中から熱狂的なラグビーファンが集まるこの大会を黙っているわけにはいきません。「なんとか盛り上げたい！」という気持ちはあるもののルールがよく分からない。

なんかゴチャっとなったらすぐ笛が鳴って、スクラムとかいう押し相撲みたいなのをやって、せっかく前に走ったと思ったら倒されたりボールを落としたり、また笛がなって……。「何がどうなってるの？」と、皆さん思っていることでしょう。

そこで今回は、中学から大学まで十年間ラグビーをやっていた私が「これさえ覚えていれば、だいたいラグビーが理解できる」という二つのルールを解説しましょう。
サッカーは「ボールを蹴る」、野球は「ボールを投げる打つ」、ラグビーは「ボール
を持つ」スポーツです。一人のプレーヤーがボールを持って走り、相手の陣地に置け
ば得点になります。極端に言えば『進撃の巨人』みたいな誰も止められないプレーヤ
ーがいれば、別にルールなんか分からなくても見ていられます。「やっぱ巨人スゲ
ェ！」と。

でもこっちは人間ですから必ず相手に止められます。

「だったら止められる前に、バスケみたいに前にいる味方にパスすればいいじゃな
い」と思うでしょう。その考えを取り入れたのがアメリカンフットボールです。ラグ
ビーはここに制限を設けました。「ボールを前に投げてはいけない」。これがラグビー
の最も基本的なルールの一つです。ボールを前に落としても反則になります。

さて、前に投げられないということは、ボールよりも前にいるプレーヤーは何もで
きません。サッカーならチャンスにみんなが一気にボールの前を走ってゴールを目指
す。ラグビーはみんな急いでボールの後ろに下がるんです。言ってみれば「全てのプ
レーヤーが後方支援に回る」ということです。

ボールを持ったプレーヤーが倒されたら、後ろにいるプレーヤーが相手より先にそのボールを拾って前へ進む。もしくは倒される前に後方にいる味方にパスをする。基本的にラグビーはこの繰り返しです。とにかく相手にボールを渡さなければいいんです。倒されても！　踏みつけられても！　命がけでボールを相手に渡さなければいい！　……でもそうなると、ボールの取り合いの乱闘になっちゃいます。

そこでラグビーは制限を設けました。「地面に倒されたらすぐにボールを手放さなければいけない」。これがもう一つの基本的なルールです。でもねぇ、せっかく持っていたボールをあっさり手放すことはできないじゃないですか！　ハイ、ここで笛が鳴ります。「すぐにボールを放しませんでしたね」と。ゴチャッとなったときに笛が鳴るのはだいたいこの反則です。

「ボールを前に投げてはいけない」「倒されたらすぐにボールを手放さなければいけない」。この二つのルールさえ頭に入れておけば、手に汗握って試合を見ることができると思います。もちろん他にも大事なルールはあるんですが、それはまたいずれ。

（六月二十日）

「マナー」という強者の論理

新千歳《しんちとせ》空港で一度こんなことがありました。ちょっと急いでいたので、エスカレーターの空いている右側を歩いていました。左側には大きなトランクを抱えた外国人の家族が並んでいました。その横をすり抜けたときに外国人の慌てた声が聞こえました。振り向くと、父親らしき人が大きなトランクを必死で押さえている。僕の体が当たってしまって、あと少しでトランクが転げ落ちるところだったんです。これは本当に悪いことをしたと反省しました。

ある病気を抱えた知人がいます。彼女の病気はちょっとしたけがでも治りにくく、命に関わることもあるそうです。それでも仕事をしている彼女が、日常で最も恐怖を感じるのが「下りのエスカレーターに乗るとき」だそうです。右側を歩いてくる人の体に押されて転げ落ちてしまうという恐怖を常に感じているそうです。

「危険ですからエスカレーターは歩かず、手すりを持って二列で利用して下さい」。そういった注意書きがあります。アナウンスもされています。でも「急いでいる人のために右側を空けて、左側に一列に並ぶのがマナーだ」という認識が広くあります。

ほぼすべての人がその「マナー」にのっとって、どれだけ混雑していても左側に並んで右側に空間を作る。二列の方が本当は効率よく人を運べるのに、そして何より「危険だから歩かないで」と注意書きがあるのに、ルールを無視して歩く人のために右側を空けておくのが「マナーだ」というわけです。とても奇異な現象です。

冒頭で書いたように僕自身、右側を歩いてしまうことがあります。でも、そこにあまり罪悪感を感じません。多くの人がそうしているからです。

「みんながやっていることの方が正しい」もしくは「みんながやっていることにのっとった方が良い」という集団意識があるのでしょう。つまり「歩いてはいけない」という「ルール」よりも、集団が生んだ「右側の人は立ち止まらずに歩く」という「マナー」の方が、僕らの行動に正当性を与えているということなんでしょう。

これは決して良いことではありません。なぜなら集団の論理は「みんながやっているんだからあなたもやりなさい」ということが基本にあるから。その人が「弱者」であろうが「みんなと同じようにしなさい」ということです。子供や老人であろうが、病人や妊婦であろうが、大きな荷物を抱えていようが、「急いでいる人のために右側を空けなさい」というのが、集団が作り上げた「マナー」という名の論理なわけです。

人は弱者の存在を忘れがちです。だからそこに「ルール」を作るのです。「小さな子供の手を握って二列で乗る」というルールです。そもそも「マナー」だって本来は「弱者に配慮する行動のこと」を言うはず。だから、右側を空けるのは「マナー」ではなく「強者の論理」と言えます。

僕はずいぶん昔から、エスカレーターではあえて右側に立ち止まって乗るようにしています。すると後ろから舌打ちされることも多いし、「マナーを守れよ」と言われたこともある。

でも、エスカレーターでの強者の論理がいつか弱者の命を奪ってしまう、その前になんとかならないものか？　と思っています。

（七月四日）

のんびり走る鉄道、残ればなぁ

今回は僕の好きな鉄道の話をしましょう。「水曜どうでしょう」の旅では、いろんな列車に乗りました。初めて新幹線のグリーン車に乗ったとき、大泉洋くんが大喜びしていました。当時、九州を走っていた特急「つばめ」には豪華な個室があって、みんなでビールを飲みながらはしゃいだのは楽しい思い出です。寝台列車に乗ったときは、寝台券が三枚しか取れず、一番年下の大泉くんだけ普通座席に座らせたことがあります。でも、さすがにそれではかわいそうだと、夜中にこっそり寝台を譲ってあげたりしてね。

鹿児島県の指宿《いぶすき》温泉へと向かう列車の中では、名物の「白熊《しろくま》」という巨大なかき氷を鈴井貴之さんと競争しながら食べ、途中で大笑いして氷を噴き出してしまったり。

海外では、アラスカで氷河を見に行くときに列車に乗りました。日本の列車よりも座席がゆったりとしていて気持ち良く、車窓から手つかずの大自然を眺めていると、河原に大きな熊がいて大騒ぎしました。

タタンタタン、タタンタタンという規則的な音を聞きながら、心地よい揺れの中で居眠りをする、のんびりとした時間。その間も列車は街を走り抜け、田んぼの中を走り抜け、山の深いところを走り抜け、波をかぶりそうな海岸線の際を走り、ときには人家の軒下をかすめながら、また次の街へと人を運ぶ。ディズニーランドのアトラクション、とまではいかないにしても、鉄道にはそれに似た楽しさがあると子供のころから思っています。だからなるべく先頭車両に乗って流れる風景を見ていたいし、少し値段が高くても無理してグリーン車に乗ることが多い。僕にとって列車は単なる移動の足ではなく、ちょっとしたアトラクションですから、少しでも良い座席に身を置いて、その時間を楽しみたいんです。

道内ではローカル線が廃線になりつつあります。赤字を生み続ける鉄路を存続させることは、鉄道会社にも沿線の自治体にも大きな負担になることは重々承知の上で、それでも鉄道が存続してほしいと願うのは、鉄道好きの僕だけではないと思います。

いつも乗るわけではないのに、いつも車に乗っているのに、でも道内の田舎町をのんびりと走る鉄道が存続してほしいと願ってしまうのは、単なる移動の足ではなく、鉄道には何か大事な意味合いがあると感じているからではないでしょうか。

札幌まで延伸する北海道新幹線はトンネルが多いと聞きます。スピードアップのためには、それは仕方のないことでしょう。でも、札幌から先、旭川《あさひかわ》や帯広《おびひろ》、釧路《くしろ》、根《ね》室《むろ》、稚内《わっかない》へ続く鉄路は、深い山へと分け入り、荒々しい海岸線をたどり、雄大な牧草地を貫く、実に見事な風景を見せてくれます。札幌までやってきた人々を運ぶ列車は、そのころどんな風になっているでしょうか。

ゆったりとした座席に座り、大きな窓から、北海道の自然を楽しめる列車であればいいなぁ。美味しいものをたくさん買い込んで、ゆっくり食べられるようなテーブルがあればいいなぁ。根室や釧路に行く豪華な夜行列車もあればいいなぁ。その列車が真夜中に、山の中の無人駅に十分だけでも止まってくれたらいいなぁ。天気の良い夜なら、きっと見たこともないような満天の星を眺められるだろうなぁ。

（七月十八日）

初対面でも、楽しく「寄り合い」

僕と嬉野雅道ディレクターで「藤やんとうれしー」という会員制のフェイスブック・グループを作っています。そこでは会員が集まる「寄り合い」と称する飲み会を、全国あちこちで開催しています。今年のゴールデンウィークは、札幌、秋田、静岡、広島で開催しました。先日は東京でバーを貸し切りにしてワイワイ楽しくやりました。

僕らが時間と場所を決めてフェイスブック上で参加者と幹事さんを募ります。すぐに「幹事やりますよ」「お手伝いします」と何人もの人たちが返信してくれます。彼らは参加者名簿を作り、お店を手配し、飲み会を仕切ってくれます。僕と嬉野さんはそこに行けばよいだけ。

なるべく僕らが全員と話ができるよう、参加者は毎回三十人以内と決めています。

まずはひとりずつ自己紹介。「『水曜どうでしょう』にハマったきっかけ」を必ず話してもらいます。家族や友人に「面白いよ」と勧められて見始めたという人が多くいます。「番組を作っている人の前で言うのも失礼なんですけど、最初は何が面白いのかさっぱりわかりませんでした」なんてこともよく言われます。「でも今では勧めてくれた友人よりもハマってます！」なんていう話に、みんな「そうそう！」と笑いながら大きくうなずきます。

「本当は大事な仕事があったけど、今日だけは申し訳ない！ と急いで駆けつけました！」「精神的にまいっていた時期があったけど、『どうでしょう』の笑いにホント助けられました」と明るく打ち明ける人もたくさんいます。性別も年齢も職業もバラバラな人たちが「水曜どうでしょう」の話で盛り上がり、気持ちがつながっていく。お酒も進みゲラゲラ笑って、お開きの時間になれば名残惜しくて二次会に流れることもあります。

「『水曜どうでしょう』が好き」という共通項で人が集まり、新たなコミュニティーが出来上がる。一昔前なら「きのうのテレビ見た？」「見た見た！」なんてクラスメイトの間で盛り上がる程度のものでした。今はネットを通じていろんな人とつながれる。学校や職場、ご近所さんといった従来の狭いコミュニティーに閉じ込められることなく、価値観の同じ人たちとつながれる新たなコミュニティーを作れるようになったのです。

考えてみてください。いい年をしたおじさんが、会社の同僚でもなく幼なじみでもない見ず知らずの人たちと集まってゲラゲラ笑いながら酒を飲む機会なんてありますか？「またみんなで集まりましょう！」なんて感じで、職場以外に新しい仲間が増えていく。そこにあるのは「『水曜どうでしょう』が好き」という共通した思いだけ。でも、それだけで人は安心で平和で楽しいコミュニティーを作り出すことができる時代になったのです。そこに集まる人にとって「水曜どうでしょう」はもはや単なるテレビ番組ではありません。自分の居場所を作ってくれる大事な存在になっています。

十月には札幌で「水曜どうでしょう祭」が開かれます。スキー場を貸し切りにした数万人規模の大きな「寄り合い」です。テレビ局が主催する普通のイベントとは意味合いが大きく違って、単なる飲み会だと僕は思っています。「藤やんとうれしー」はＨＴＢ公式ホームページにある動画サイト「北海道ｏｎデマンド」から入会できます。

（八月一日）

あの男泣き、作って良かった

「水曜どうでしょう」レギュラー放送最後の企画は「原付ベトナム縦断」でした。ベトナムの首都ハノイからおよそ二〇〇〇キロ先のホーチミンまでバイクで走る企画です。この企画で六年間放送してきた番組にいったんピリオドを打つ。ささいなことでケンカしたり、くだらないことで笑ったり、バカバカしいことをやり続けてきたけれど、ホーチミンに着いたら「しばらくこのメンバーで旅に出ることもない」。そう思うと、ゴールが近づくにつれ、大泉洋さんも押し黙り、無言の時間が続きました。

「最後までバカバカしく笑って終わりましょう」と鈴井貴之さんに言われていたのに、ゴールに到着した瞬間、あろうことかディレクターの僕が真っ先に泣いてしまったんですよね。必死に我慢はしていたけれど、こらえきれなくなって「おれダメだぁ！」

って叫んで、堰《せき》を切ったように嗚咽《おえつ》が止まらなくなってしまったんです。そのシーンだけは二度と見返すことができませんでした。自分の中で反省もあったし、何より恥ずかしかったですからね。二〇〇二年、今から十七年も昔の話です。

前回のコラムに書きました「藤やんとうれしー」という動画サイトの会員の皆さんで作っているフェイスブック・グループの飲み会でも、この最後のシーンはよく話題になります。いい年をしたおっさんたちが「藤やんが泣いた瞬間におれも泣いちゃうんだよ」と。「だから自分もあのシーンを見返すことができない」と。

「だったらさぁ、いっそのことそういう人たちで集まって一緒にベトナムを見ながら、人目をはばからずに思いっきり泣く会をやろうか」と、酔った勢いで言ったら「それはいい！」とおっさんたちが大いに盛り上がり、すぐに有志が集まり、幹事団が結成され、本当にそんなバカげたイベントが先日、東京で行われました。

題して「原付ベトナム縦断を見て男泣きする会」。会場は西新宿《にししんじゅく》のライブハウス。ステージ上にはＤＶＤプレーヤーとスクリーン、僕が座る椅子が用意されていて、みんなで酒を酌み交わしながら十七年前の番組を一緒に見る。当時を思い出して「あーもう、この時点でおれちょっと泣いてるもんね」なんて解説を加えながら見ていって、最後のあのシーン。やっぱりね、どうしても目頭が熱くなる。会場にいるおっさんたちも同じく目頭を押さえている。

知らない人が見たら「え？　なに？　どうしたの？」と困惑を隠しきれない光景でしょうが、おっさんたちは画面の中の僕と一緒に涙を流し、涙をぬぐいながら最後に流れるエンディングテーマの「1／6の夢旅人2002」を大合唱し、歌い終われば晴れやかな顔になって拍手喝采。そして、みんな我に返って大爆笑。

参加者からは「泣いて笑って、本当に楽しかった」「ありがとうございました」と声をかけられました。僕自身、このイベントを終えて「ようやくあの最後のシーンに、制作者としての気持ちの整理がついた」と感じました。こちらこそ「ありがとう」です。

普段は顔を合わすことのない、番組の「視聴者」と、それを作っている「制作者」が、同じ空間で同じ気持ちを共有できたとき、新たな価値が生まれるのだと思いました。「見ていて良かった」「作って良かった」という幸福感のようなものでした。

（八月十五日）

お芝居、積極的に自分を出す

鈴井貴之さんの演劇プロジェクト・オーパーツの第五弾公演「リ・リ・リストラ〜仁義ある戦い・ハンバーガー代理戦争」に出演しています。一日まで東京で全十二ステージが行われ、劇場は終始、笑いに包まれておりました。そう、今回の演目は完全なるコメディーなのです。

かつて抗争を繰り返していた二つの反社会的組織、俗にいうヤクザ。しかし時代の流れで組織はそれぞれ解散に追い込まれ、多くの組員たちはリストラの対象となった。組織の幹部だった男にあてがわれた再雇用先は大手チェーンのハンバーガーショップ。仕事はすべてマニュアルで決められ、どんなお客様にもスマイルで対応しなければならない。

これまでとは全く逆の環境に戸惑いながら働く男がある日、期限切れのクーポン券をめぐるトラブルに巻き込まれる。「たった一日期限が過ぎたぐらいでクーポンが使えないとはどういうことだ」と執拗《しつよう》にクレームをつけてくるその客は、かつて敵対していたヤクザたちだった。そんな小さなイザコザから、やがてハンバーガーショップを舞台にしたおかしな抗争に発展していく。そんなお話です。これは反社会的組織に所属していた者たちを題材にしていますが、長年勤めていた会社をリストラされてしまった中高年サラリーマンの身上にも置き換えられる話だと思います。

出演者は、東京と北海道の混成チームです。東京勢は、北海道出身で劇団EXILE・八木《やぎ》将康《まさやす》さん、竹井亮介《たけいりようすけ》さん、演劇集団キャラメルボックスの阿部《あべ》丈二《じようじ》さん、そしてお笑い芸人バッドボーイズの佐田《さた》正樹《まさき》さん。女優陣は上地《うえち》春奈《はるな》さんと佐藤《さとう》めぐみさん。北海道勢は、ボーイズユニットNORDの島太星さん、赤谷翔次郎《あかたにしようじろう》さん、そして鈴井貴之さんと北海道テレビ社員の私。

劇団とは違って、ほぼ初対面の人たちが集まって作るお芝居です。最初は不安もありますが、それでも他の人たちに遠慮することなく個性を発揮していくことが必要です。私ぐらいの年齢になれば、会社の中では仕事を部下に任すこともできますが、お芝居ではそうはいきません。積極的に自分を出して個性を埋没させない。各人がそうやって前に出ることでお芝居が活性化します。「自分は後ろの方で黙っとこう」なんていう会社の会議みたいな姿勢では立ち行きません。かといって自分の意見だけを押し通しては、お芝居全体が崩れてしまいます。一カ月の稽古期間で、初めて会った人たちとお互いに個性を認め合う関係性を作り上げる。これは中高年サラリーマンである私にとって、とても貴重な経験です。私のそんな演劇活動を仕事と認め、出勤扱いにしてくれている北海道テレビには本当に感謝です。

札幌公演は来週九月十三日（金）から十五日（日）まで。道新ホールで四ステージを行います。チケット発売中です。東京と北海道の個性的な役者が集まって繰り広げるコメディーをぜひご覧ください。ちなみにタイトルの「リ・リ・リストラ」は、アカデミー賞を受賞したミュージカル映画「ラ・ラ・ランド」に由来しています。つまりこの芝居にはミュージカル的な要素も盛り込まれています。役者が歌います。そのバカバカしさもお楽しみください！

（九月五日）

体の変化が……ごめんごめん

今年五十四歳になったんですけどね。このぐらいのお年ごろになりますと、若いころにはなかった体の変化というか、不都合がいろいろと出てくるものでございまして。

不思議なもので、髪の毛は徐々に元気をなくしてくるんですけど、逆に鼻毛は元気よく伸びやかになってくるんですよね。若いころは気にしたこともなかったんですけど、今ではちょっと気を緩めると鼻の穴から数本、シャープペンの芯みたいな鼻毛が突き出していたりなんていうことがよくあります。いけませんいけません。おじさんだからこそ身だしなみが大事、ということで鏡があれば鼻毛チェックを怠らず、ハサミで刈り込みをしていたわけですけれども、鼻毛がゴッソリ、ズボッと抜けるという便利なキットがあると聞き及びまして買ってみたんです。

プラスチックみたいなコロコロした小さな玉を容器にシャラシャラと入れて、そいつをレンジでチンするんです。そうすると小さな玉が溶けて水あめ状になる。そいつをアイスキャンディーの棒みたいなやつでからめとって鼻の穴に突っ込むんです。すると水あめが鼻毛にくっつくんですね。で、この水あめが一分ほどで固まって、くっついた鼻毛を固定する。あとは気合十分！ズボッと抜くと鼻毛もゴッソリ根元から抜けるというシロモノです。ちょっと痛いんですけどね。

ただコレ大事な注意点がありまして、レンジでチンしたときに「必ず水あめぐらいの状態にする」ということです。先日これを失敗しまして、チンし過ぎて練乳ぐらいの柔らかさで鼻に突っ込んだんです。そしたら鼻に突入する前に、鼻の下の口ヒゲに液だれしちゃってたんです。それに気づかずに一分待ってしまったもんですから、ヒゲがガッチリと固定されてしまって。もうね、鼻毛と違ってヒゲは毛根が強いですから、気合を入れて「えいやっ！」と抜いたら涙が出るぐらい痛くて痛くて。おじさんは身だしなみも大事ですけど、注意力が散漫になることを自覚するのも大事なことです。

あとは、オナラが出やすくなりますね。無意識のうちにトロンボーンみたいな中低音が出ちゃう。おなかに力を入れるとか下半身で踏ん張るとか、そういう行為をするときは細心の注意が必要です。私はお芝居をやっていますから、腹に力を入れて大声を出すとか、日常生活ではあまりしない動きをするとか、常に危険と隣り合わせです。

実際、先日札幌公演を終えたお芝居「リ・リ・リストラ」では本番の舞台上で三回、トロンボーンを鳴らしてしまいました。幸いにも大声を出すのと同時にトロンボーンが鳴りますので、さすがに客席には届かなかったとは思いますが、共演者には中低音が耳に入ります。舞台上では何食わぬ顔でお芝居を続ける共演者も、舞台そでに戻った途端「ちょっと勘弁してくださいよぉー！」と言いながら我慢していた笑いを噴き出します。「ごめんごめん」と言いながらこちらも大爆笑。

体の変化によって、これからはさらに失敗が増えていくことだと思います。でもその失敗で落ち込むのではなく、開き直って逆に場を和ませるような、そんな愉快なおじさんになっていこうと思っています。

（九月十九日）

ラグビー、中一のあの日の思い出

僕がラグビーを始めたのは中学一年のとき。その最初の練習日のことをよく覚えています。

上級生たちはラグビージャージージーに身を包み、足元はスパイクシューズ。僕ら新入生は体操服に白い運動靴。もちろん誰もラグビーなんてやったことがありません。野球やサッカーならルールを知っていたけど、ラグビーのルールなんて誰も知らない。

そんな僕らに三年生の先輩がいきなり「オレに当たって来い」って言うんです。こっちはなんのことだかさっぱりわかりません。先輩が手本を見せてくれます。五メートルほど向こうに先輩がヒットバッグという大きなスポンジのようなモノを持って立っている。もうひとりの先輩がボールを抱え、全速力でそのスポンジに向かって走っていき、ぶち当たる。スポンジを持っていた先輩が後ろにはじかれる。「ナイス当たり！」という声が諸先輩方から湧き上がる。相撲のぶつかり稽古みたいなものです。それをいきなり「やってみろ」と言うわけです。ちょっと前まで小学生だった新入生が一列に並ばされ、五メートル向こうにはスポンジを持ったデカい三年生が仁王立ち。「当たって来い」と言われても、そりゃ怖いですよ。こっちは学校指定のダサい体操服、向こうはカッコいいラグビージャージー。その時点でもう完全に負けてます。

「よし来い！」と先輩に言われ、戸惑いながらスルスルと走っていって、ポンと当たる。先輩の体は揺れることもない。諸先輩方から「もっと当たれ！」と声が飛ぶ。新入生は「無理だよ」という顔ですごすごと戻ってくる。そんな繰り返しで僕の番になりました。

考えました。廊下で怖い先輩に肩が当たったらニラまれるだろうけど、向こうが「当たって来い」と言うのだから、こっちは当たればいいのだ。ニラまれることはない。むしろ全力で体をブチ当てることを先輩たちは求めている。ならばと奥歯に力を入れて、スポンジに向かって走り出しました。

バンッ！と音がしました。「力いっぱい体が当たった」ことを感じました。僕の体の中心部分が熱くなりました。同時にスポンジを持っている先輩の体が揺れたのも感じました。「ナイス当たり！」という声が聞こえました。そして、結局その日から、僕は大学を卒業するまで十年間、ずっとラグビーを続けました。

でもね、成長期の十年をラグビーに費やしたせいで、いまだに首が太くて胸板ばかりが厚い豆タンクのような体形だし、歯を食いしばって人に当たっていたせいで奥歯がすっかり抜けて今や入れ歯だし、あんまりいいことはありません。むしろラグビーを観ると、当時の練習の苦しさが脳裏によみがえって積極的にラグビーに関わろうとは思いませんでした。

ところがラグビー・ワールドカップ、先日のアイルランド戦。思わずテレビの前で声を上げ、入れ歯を食いしばって、最初から最後まで観続けました。世界ランク二位の格上の相手に、全力で体を当て続けて勝利した日本。僕の中学のユニホームは、日本チームと同じ赤白のボーダー柄でした。だからなのか、体の大きな先輩に当たっていったあの日のことを、つい思い出してしまいました。

（十月三日）

「水どう祭」盛り上がったけど……

今月四日から三日間にわたり、さっぽろばんけいスキー場で「水曜どうでしょう祭」が六年ぶりに開催されました。一日当たり一万人、延べ三万人分のチケットは早々に完売。来場者は全国各地から集まった番組のファン。午前九時に開場し午後七時半まで、特設ステージでは出演者の鈴井貴之さん、大泉洋さん、そしてディレクターの嬉野雅道さんと私によるトークイベントを昼夜二回、その合間にはアーティストによる音楽ライブが行われました。

会場には道内の美味しいものを集めた飲食ブース、番組公式グッズを始め、エヴァンゲリオンや進撃の巨人などアニメ作品とのコラボグッズ、有名ブランドの服やバッグなどとのコラボグッズ、ローソンやパナソニック、ヤクルトなどの大企業から有田焼や備前焼など日本の伝統産業、さらにはファンのみなさんが作ったグッズを売る店など数多くの出店がありました。

すべて「水曜どうでしょう」という番組が好きだからこそ集まってくれたみなさんです。「六年ぶりに開かれる祭りに参加して一緒に盛り上げたい」という気持ちが伝わってきます。こんなにバラエティーに富んだ豪華な出店はそうそう実現できるものではありません。「よし！　これで祭りは盛り上がる」「お客さんに楽しんでもらえる」。そう思いました。実際、大いに盛り上がりました。

ところが……です。祭りの最中、出店者から「お客さんがあまり来ない」という声が上がりました。祭りのためだけの限定グッズの数々、特別メニューの数々は希少価値もあり、どれも即完売だともくろんでいました。しかし結果的に、売り上げは予想を下回るものでした。

「天候が悪かった」のも要因のひとつです。初日と二日目は雨でした。でもこれは仕方がありません。もうひとつは「トイレの数が少ないために並ぶ」「会場が広いために移動に時間がかかる」という設備・環境的な要因。これもスキー場を会場に選んだ時点である程度は覚悟していたことではあります。

最大の要因は「ステージイベントも出店ブースも気合を入れ過ぎてしまった」ことにあったと思います。六年前の祭りよりも魅力的なグッズを数多く用意しました。前回は真駒内の屋内競技場とオープンスタジアムを使い一日当たりのお客さんは一万八千人。今回の倍近い来場者です。でも今回はお客さんを詰め込め過ぎず、なるべくゆったり過ごしてもらいたいという気持ちから一万人に抑えました。

その結果、今回のお客さんは「魅力的な出店ブースがたくさんある」「でもステージからも目が離せない」「もう会場を回りきれない」。そういう事態になってしまったわけです。供給過剰でお客さんが分散してしまった。良かれと思ってやったことが裏目となり、出店者のみなさまには迷惑をかけてしまったことが大いに悔やまれます。

唯一の救いはお客さんが楽しんでくれたことです。最終日は全国の映画館二百館以上を結んでライブビューイングが行われ、七万人の来場者がありました。会場で流された「水曜どうでしょう最新作」の先行上映を一緒に観て、大いに盛り上がりました。ローカル局が作った小さな番組で、こんなに多くの人々が楽しんでくれたこと、それだけは心から喜ばしいことでした。

（十月十七日）

「水どう」後押しした電波少年

有吉弘行さんが「猿岩石」という売れないお笑いコンビを組んでいたころ、十万円だけ渡されて香港からロンドンまでヒッチハイクでユーラシア大陸を横断するという無謀な企画がありました。一九九六年のことです。その番組「進め!電波少年」を演出していたのが日本テレビの土屋敏男さん。ダース・ベイダーのテーマ曲で土屋さんが現れると、その場で無謀な企画が発表される。猿岩石は番組の放送中に突然、途方もない旅の企画を告げられました。

土屋さんとは何度かお会いしたことがあり、先日も一緒に飲んで当時の話を聞きました。ヒッチハイクで大陸横断の企画をやるにあたって、土屋さんは猿岩石に「この企画やりますか?」とその場で聞きました。「そんなこと聞く必要もないんだけど、仕事として強制的にやらせたら見ている人が共感しないと思ったから」と。確かに「やらされている」と感じたらかわいそうで見ていられない。「自分の意思でやっている」のなら応援したくなる。

旅がきつくなると「もうやめますか?」と聞く。「まだやります」と答えたなら、本人たちの意志はさらに強固になり、見ている人の興味はさらに先へ進む。半年後、ギブアップせずにロンドンにゴールした猿岩石は日本中から拍手で迎えられた。ゴールで出迎えた土屋さんに有吉さんは言ったそうです。「途中でやめたら土屋さんに『やっぱりね』とか言われそうで、それがいやでやめられなかった」。人の心を操る土屋さんの見事な演出だったわけですね。

土屋さんは「テレビを意識して大げさにリアクションするのを面白いとは思えない」「素の表情が一番面白い」と言います。だから、当時はまだテレビでほとんど使われていなかった市販のビデオカメラを使い、カメラマンではなくディレクターが撮影し、彼らにテレビを意識させなかった。さらに日本中の人が注目していることを異郷で旅を続ける彼らには全く知らせず、「とりあえず撮ってるだけだから」と言い続けた土屋さんはもはやオニと言えますね。

九六年十月、猿岩石のロンドン到着と時を同じくして北海道で始まったのが「水曜どうでしょう」でした。僕らは最初から番組すべてを市販のビデオカメラで撮影すると決めていた。「そんな画質の悪いカメラで撮った映像だけでテレビ番組を作るのはどうか」と言われましたが、「進め！電波少年」の成功が僕らを力強く後押ししてくれた。

土屋さんは「水曜どうでしょう」についても熱く語ってくれました。「会話劇だよね、完全に。しかもその会話を全部ディレクターが回してるなんて他ではまねできない。電波少年は出演者のドキュメンタリーというか観察日記だから根本的に全く違う」と。確かに僕も出演者をダマして旅に連れ出すんだけど、そのディレクター自身がドキュメントの渦中にどっぷり入り込んでしまうところは、かなり異質な作りだと言えます。

「それにしてもホント『水曜どうでしょう』って面白いねぇ！」と興奮して話し続けるので、気になって聞いてみました。「あの……もしかして土屋さん、今までウチの番組見たことなかったの？」「うん、この前ネットフリックスで初めて見た」って、そりゃないでしょ土屋さん！　今まで何度も会ってたのに！　（十一月七日）

「テレビってすごい！」伝えられた

三月に放送したＨＴＢ開局五十周年ドラマ「チャンネルはそのまま！」が今年の日本民間放送連盟賞グランプリ作品に選ばれました。ＮＨＫを除く全国の民放で放送された報道、情報、ドキュメンタリーやエンターテインメントなど全ての番組の中で最も高い評価を受けたのです。

ＨＴＢを取材して佐々木倫子さんが描き上げたマンガ「チャンネルはそのまま！」を、ＨＴＢが実写ドラマ化し、多くの社員がエキストラ出演し、社屋移転の時期に南平岸の旧社屋を撮影に使用しました。審査員の講評に「北海道テレビにしかできないドラマ」とありましたが、ドラマでありながら見ている人を納得させるリアルな土台がありました。でもそこには社屋移転で忙しい中でもドラマ撮影に協力を惜しまなかったＨＴＢの人々、北海道胆振東部地震で局内が騒然としていた中でも粛々と撮影を進めたドラマチームの力強さがあったのです。

「インターネットやスマホでコミュニケーションをとる時代に、テレビを見ていて引き込まれる。テレビの可能性がまだある、面白くてためになる」という講評もあった。それはまさに原作者の佐々木先生がマンガで表現していたことの一つです。「テレビってすごい！」という主人公・雪丸花子のストレートで無垢な思いがマンガの中で随所にちりばめられていました。

でも、実際にテレビ局で働いている人たちは、視聴率に追い立てられ、ネットの脅威におびえ、将来の経営に不安を抱き、テレビ本来の力とそれに伴う責任感を忘れている。「テレビってすごい！」というメッセージを、ドラマ制作を通して僕ら自身がハッと気付き、ドラマの根幹に据えた。「テレビの可能性がまだある」という言葉と同様、多くのテレビマンから「本当に勇気付けられた」という言葉をかけられ、佐々木先生のメッセージがドラマを通じてちゃんと届いたことを感じました。

「ドラマから楽しさが伝わってくる」という言葉もありました。これは僕が一番うれしかった言葉です。十年以上前、ドラマ制作を始めた時にプロデューサーを務めた嬉野雅道さんと「ドラマ作りを楽しむ」という目標を立てた。二人でやっていた「水曜どうでしょう」は心から楽しんで作っていました。

初めて取り組む本格的なドラマ制作には不安がつきまといます。脚本作りから始まって準備も多いしスタッフも多い。「本当に大丈夫か?」と誰もが不安を口にするけれど、その不安に押しつぶされたら「ローカル局だけど苦労してドラマを作りました」という程度の作品で終わってしまう。

そうではなく、あくまでも作品自体で勝負したい。そのためには僕らが不安を口にせず楽しむ姿勢を貫き通す。それが役者にもスタッフにも伝わり、みんなが作品作りを楽しむようになる。不安なことからは逃げたいけど、楽しいことなら誰だって没頭します。僕らはそうやってドラマを作ってきました。

今回のドラマは、北海道でいつも一緒にやっているスタッフよりも、東京の第一線で活躍しているスタッフを多く集めました。彼らも「こんなに楽しい現場はない」と、全力を尽くしてくれました。「でも楽しいだけでは終わらせない!」という全員の気持ちが、今回のグランプリにつながったのだと思います。


（十一月二十一日）

大阪マラソン、弱腰だったけど

　先日行われた大阪マラソンに出場しました。フルマラソンはもう十回以上走っていて、これまでの自己最高記録は四時間三十八分。あとは全て五時間台の記録。日頃からジョギングをしている人なら普通に出せるタイムです。しかし最近は忙しくてほとんど走っていない状態で、せいぜいエスカレーターを使わずに階段を上り下りしていた程度。まぁ中高年の運動不足解消には効果があるでしょうが、フルマラソン出場には明らかな練習不足。さすがに今回は「ダメだろう」と思っていました。

　大阪マラソンの制限時間は七時間。途中数カ所の関門があり、決められた時間内に通過しないと、その時点で強制収容されてリタイアとなります。今回の目標は「関門に引っかからずに七時間以内でとりあえず完走すること」としました。これなら途中で何度か休憩し、ゆっくり歩いてもなんとかクリアできます。これまでは六時間以内にゴールしていたわけですから、自分としては弱腰な目標です。

「水曜どうでしょう」のファンの人たちと「ヒゲマラソン部」というランニングクラブをつくっています。ＨＴＢのグッズで売っている「ヒゲマラソン部」のユニホームを買えば部員に認定するというゆるい団体ですが、陸上経験者がコーチとなって、有志が集まり練習会も開いています。今回も大会前日に数人が集まって練習しました。

「コーチ、すいません。まったく走ってなくて、今回は七時間でとりあえず完走できればいいと思ってます」「藤村さん、大丈夫です。いつものように六時間以内で走れます」「え？　今日ちょっと練習するだけで？」「大丈夫です」コーチは自信満々に言いました。

これまでもコーチにはマラソンのコツを教わってきましたが、それを再度確認します。まず何よりも重要なのは、足の筋肉をなるべく使わないこと。足を振り上げると筋肉を使う。じゃあどうするかというと、腰をひねるんですね、すると自然に片足が前に出る。腰をフリフリして足を前に出し、足を地面に下ろす反動で前に進むと。

「太ももまでが足ではなく、腰まで含めて足だと思ってください」

次に大事なのは酸素を多く取り入れること。準備運動では足の屈伸と同じくらい、上半身を伸ばす運動をします。肩甲骨を広げて胸を張ると、肺が大きくなる。疲れてくると肩を落として猫背になるじゃないですか。呼吸も小さくなってさらに疲れるんですね。疲れた時こそ大きく背伸びをして胸を張る。

「今回は一回も足を止めずに走り続けましょう」「その代わりすごく遅いペースで走ります」「最初はどんどん追い抜かれて恥ずかしいけど我慢してください。後でみんな追い抜きますから」とコーチは自信満々。「上り坂は無理せず歩きましょう。ただし早歩きです」。僕らは早歩きの練習をした。ただし歩くときも腰を使って歩く。それによって走るフォームをゆっくり確認できたわけです。

迎えたマラソン本番。言われた通り走ってみたら、何とタイムは五時間四十九分。弱腰の目標よりも一時間早い、いつも通りのタイムでゴールしたのでした。「藤村さんがちゃんと練習したら四時間も切れますよ！　大丈夫」とコーチがまた力強く言ってくれて、なんだか自信が湧きました。コーチングってすごいですね。

（十二月五日）

連載五年半、色々書いたなぁ

二〇一四年の六月五日にこのコラムの連載がスタートしました。もう五年半もここに書き続けているんですね。初回のタイトルは「視点を変えれば笑えることも」。「水曜どうでしょう」のロケでアラスカのユーコン川をカヌーで下ったとき、鈴井貴之さんと大泉洋さんのカヌーが流木に激突して転覆しそうになったことがありました。大泉さんの原付きバイクが急発進してウィリー状態になり工事用の柵に突っ込んだこともありました。タレントがそういう危険な場面に直面したとき、ディレクターの僕はいつも「うはははは！」って笑ってたんですね。

そんな僕を見て大泉さんが怒気を込めて言い放った言葉が「笑ってる場合か！　ヒゲ」です。「キミはあれだろ、危険な状況を笑いで薄めようとしてるんだろ」と言われましたが、いや実際それほど危険な状態ではなかったんです。当人たちは「死ぬかと思った！」という場面であっても、ハタから見れば「そんなに慌てることはない」ということも多々ある。そんなときに「落ち着いて！」と言葉をかけるのもアリだし、「危なかったね」と寄り添ってあげることも大事ですが、僕の場合は「バカ笑いして済ます」という選択を常にしているんですね。

ある意味「無神経な対応」でもあるわけですが、でもね、逆にみんなが「安心だ」「当たり前だ」と思っている状況にこそ「思いもよらぬ危険が潜んでいる」と感じるんです。だから「そういう視点で社会を見ていきたい」という内容でした。

第二回は、旭山動物園の生態展示とテレビ番組「水曜どうでしょう」との類似点について書いた「動物園と似ている番組作り」。萩本欽一さんとの交流を書いた「欽ちゃんの最高の褒め言葉」や、娘がひとりで初めて小学校に通学した日のことを書いた「小さな背中が歩き出す春に」なんていうのもありました。名古屋生まれの僕が気づいた北海道弁の意外な効用「北海道弁、人に優しい言葉だな、と」や「ライブ楽しめ、道産子様変わり」など北海道について書いたものも数多くあります。

ほかのタイトルを並べてみると「変革、始めるなら社外の人と」「『幸せだなぁー』

って思う瞬間」「雪かきは経験値で楽しく」「眠れなかった大泉洋」「人生、四国八十八カ所のように」「番組作りとガーデニングの『極意』」「先入観で関西嫌い、損してた」「科学とエンタメ、混ぜるとどうなる」「汗だくのおっさん、楽しく映像化」「番組二十年、僕らの船は沈まない」「タレントさんって、裏表ないんだ」「中高年よ 外に出よう、発見しよう」「大雪の紅葉に涙、心救われた」「追うのは『夢』ではなく『現実』」「これぞ、まちおこしの極意」「老化現象、開き直るのも悪くない」「自分の特長に気付くには」などテレビの仕事だけではなく、人生観についても書いていました。

さて、そんなコラムがこのたび『笑ってる場合かヒゲ　水曜どうでしょう的思考』とタイトルもそのままに書籍化されることとなりました。二冊に分けて、一月七日、二月七日の二か月連続で発売となります。来たる十二月二十五日深夜からいよいよ放送開始となる六年ぶりの「水曜どうでしょう最新作」とあわせて、ぜひとも！　こちらの本を読んでいただければ！　さらに深く番組を楽しめるのではないかと思う次第でございます。

（十二月十九日）

本書は、朝日新聞北海道版に二〇一七年一月十二日から二〇一九年十二月十九日まで連載されたものに加筆修正をしたものです。本エッセイは現在も連載中です。

装丁　r2（下川恵・片山明子）

藤村忠寿（ふじむら ただひさ）
1965年生まれ、愛知県出身。90年に北海道テレビ放送入社。東京支社で編成業務部を経て95年に本社の制作部に異動、「水曜どうでしょう」の前身番組「モザイクな夜V3」の制作チームに配属。96年、チーフディレクターとして「水曜どうでしょう」を立ち上げる。番組のディレクションのほか、ナレーターとしても登場。愛称は「藤やん」。著書に『けもの道』(KADOKAWA)、共著に『仕事論』（総合法令出版）など。

笑《わら》ってる場合《ばあい》かヒゲ　水曜《すいよう》どうでしょう的思考《てきしこう》2

2020年2月28日　第1刷発行

著　　者　藤村忠寿
発 行 者　三宮博信
発 行 所　朝日新聞出版
〒104-8011　東京都中央区築地5-3-2
電話　03-5541-8832（編集）
03-5540-7793（販売）
印刷製本　中央精版印刷株式会社

ISBN978-4-02-251658-9